お狐さまと食べ歩き

食いしん坊のあやかしは、甘味がお好き

八代将門

宝島社
文庫

宝島社

CONTENTS

Okitsunesama to Tabearuki

Masakado Yashiro Presents

お狐《きつね》さまと食べ歩き

食いしん坊のあやかしは、甘味がお好き

八代将門

[Masakado Yashiro]

プロローグ

Okitsunesama to Tabearuki

00

——実家の庭のはずれには、小さなお社《やしろ》がある。

言い伝えによるとこのお社を守るために我が家はあるらしい。あるらしいというのは別にお社の宮司でもないからだ。

お社の脇にある文字がかすれかけた石碑には「永暦《えいりゃく》」と彫ってある。これが本当なら千百六十年頃から、このお社は存在していることになるが、本当のところはよくわからない。

お社に祀られているのは、しめ縄を張られた握りこぶしほどの石。

そう、ただの石だ。河原に転がっていそうな、なんの変哲もない石が鎮座している。小さな朱い鳥居と社、そして石碑。それが我が家が代々守っているものだ。

狛犬や狛狐、神額もなく、何が祀られているのかもわからないが、昔から毎朝お揚げを2枚、土曜日の夜は稲荷寿司を二個お供えすることから、稲荷神《いなりのかみ》かそれに連なる神ではないかと伝えられている。

なんだかわからないから単純に、我が家では「お社様」と呼んでいるが。

ちなみに物心ついた時から、お供え物をあげるのは俺の仕事だった。

どうやら代々、当主か次代の当主がお供えをするのが決まりらしく、自分も小学校にあがった時、現当主である父からこの行事を引き継いだ。

最初は素直に言いつけに従っていたが、ある時気付いたのだ。夕方、お供え物を入れた皿を下げにいくと、お揚げがなくなっている不思議さに。

最初はカラスか何かの仕業だろうと思っていたが、毎日、確実にお揚げが消え失せるなんてことがあるだろうか？

その疑問は、土曜日の稲荷寿司が翌朝にきれいさっぱり、米粒一つもこぼさずなくなっているのを見た時に、確信に変わった。

——誰かが食べている。


平日は学校があるので確かめられない。土曜の夜も暗くて無理だ。なので決行は、日曜日の朝。お供えをした後、立ち去る振りをして、そのまま張り込むことにした。隠れるための木陰や茂みは、十二分にある。

最初の張り込み日。すぐにはなくならないだろうと、お供えしてから2時間後に、様子を見にいくとお揚げは消えていた。

翌週は最初から張り込んだ。社から少し離れた木の陰に身を潜ませ、社をじっと見つめた。見つめた、見つめた……いつの間にか寝てしまった。もちろん稲荷寿司はすでになかった。

三回目は、ガサガサッという音に気を取られた隙に消えていた。

これで意地になった俺は、犯人を見つけるまで張り込むことを決意した。両親は気付いていたのだろうが何も言わなかった。後から思うと父も同じことを子供の頃、体験したのだろう。

次の週、お供えをしてからお社から少し離れた木の陰で張り込んでいると、トイレに行きたくなった。意地でも我慢してやると思い、半分涙ぐんだ目でお供え物をじっと見つめていると、後ろでガサリと物音がした。

もちろん、振り返りなどしない。

次にどこからか、ドングリが飛んできた。びっくりしたが、それでも稲荷寿司から目を離さなかった。こっちだって一か月近く、日曜の一番いい時間、アニメや特撮タイムをこれで潰しているのだ。絶対に犯人を捕まえてやるのだ。

コツン。コツン。コツンコツン……。

ドングリの数はじょじょに増え、いつしかバラバラと小雨のように降り注ぎはじめた。俺は歯を食いしばって粘ったが、そこが限界だった。その上、逃げ出そうとしたのに動けない。

今考えれば、腰が抜けていたのだろう。でも、当時の俺にはそんなことわかるわけない。白い手のようなものが見えた瞬間、恐怖のあまり、そのまま気を失ってしまったのだ。

気付いたのは、自分の部屋だった。そばには父がいた。

「大丈夫そうだな」と笑いかける父親に、「アレは何？」と聞いてみた。

「やっぱり気になったか。父さんも子供の頃、不思議に思って確かめたことがある」

父は俺に言い聞かせるように言った。

「お供え物はお社様が召し上がっているんだ。どんなに見張っていても、何かが起きて必ずお供え物はなくなっている。そしてお社様はけっして姿を見せない。これは昔からのことだし、これからも同じだろう」

「……そうなんだ」

子供心に、父は本当のことを言っていると感じた。何より、あのドングリの雨が夢だったとは思えない。

「このことは、家族以外の誰にも言ってはいけないよ」

父は最後にそう言って、部屋を出ていった。


それからもお供え物をあげるのは、俺の役目だった。

最初はビクビクしていたが、特に何も起こらず、そのうちに俺は慣れた。

昔から庭とお社は俺の遊び場であり、恐怖の対象であったわけではないからだ。

友達とよく我が家の庭で遊んだが、言いつけどおり、お社様のことだけは誰にも話さなかった。

小、中、高とお供え当番は続き、大学進学のための上京で、その仕事は一時中断となった。

そして、あの日の朝を迎える。

それこそが俺の静かな生活の終わりの始まりだった。

第一章

お狐さまと見習い神使

Okitsunesama to Tabearuki

01

東京都中央区日本橋人形町。最寄り駅は地下鉄日比谷線人形町駅で、少し足を延ばせば『日本橋三越』や『コレド室町』がある。

人形町の名前は江戸時代、この地に歌舞伎小屋があったことと人形芝居の人形遣いが数多く住んでいたことに由来するらしい。

高校時代から旅行が好きで、我が故郷群馬から青春18きっぷで都内を訪れ、浅草や築地、千住に品川、あちこちの街を巡ったが、なかでもこの人形町は妙にしっくりと俺に合った。

おかげで毎年正月二日はここ人形町を中心とした日本橋七福神を欠かさずお参りするのが習慣だったが、最近の御朱印ブームのせいか、やたらと混むようになったのは本当に残念だ。

この春、大学入学を機に都内に引っ越してきた当初は、日本橋の美味なるランチの探求に勤しんでいた。

コスパに優れた美味しい店は行列がすごいのが玉に瑕だが、『天丼金子半之助』や海鮮丼の『つじ半』、とうめし定食の『お多幸』は並んだ甲斐があった。その中でも、俺の一番のお勧めは『福そば』の紅しょうが天蕎麦。あれはマジでうまかった……。

と、たった一か月前の生活に思いをはせてしまう俺、八《や》代《しろ》将門《まさかど》だ。

この春から念願の一人暮らしを始め、ゴールデンウィーク明けのこの時期、通常であれば、交友関係を広げようとゼミやらサークルへの参加活動に励むタイミングなのだが、出るのは溜め息ばかりだ。

原因は隣に立つ女性。そう、こいつが元凶。

一番先に目が向かうのは陽光を受けてきらめく、腰までの長い金髪。すらりとした長身でありながらメリハリの利いたスタイル。透きとおるような白い肌にはほくろ一つなく、一目見たら忘れられない強く輝く緑色のアーモンドアイ。

今日はお出かけということで、白のクロップドパンツに白のシャツ、その上にマリンブルーのカーディガンを羽織っている。

これは俺の母と祖母の見立てなのだが、洋装にもかかわらずBGMに琴の六段の調《しらべ》でも流れてきそうな雰囲気を醸し出しているあたりさすがといえよう。そしてどこからともなく漂ってくるかすかな梅の香り。

そう、見た目なら完璧なこの女性——玉藻《たまも》は、俺の苦労も知らず容赦なく言い放った。

「昔は宗仁《鳥羽上皇》をも手玉に取った美女が、隣に立っておるのだぞ。喜びこそすれ、なぜにそのような溜め息をつくのか。少しは嬉しそうな顔を見せたらどうじゃ」

凛《りん》として鈴の音のような澄んだ声も、確かに美しい。

「その自分で美女と言いきれるところが、玉藻さんらしいですね」

言いたい。とても言いたい。すべてお前のせいだと。しかしながら俺の立場では、お前が原因とはけっして言い出せない。

「将門、おぬしは慇懃《いんぎん》無礼じゃな」

「いえいえ、本心から感心しています」

「よけいに失敬じゃ。……その無理やりな丁寧語が、よくないのではないか？　もう少し砕けた口調でも我は許すぞ」

もう少しってなんだ。大学一年生にちょうどいい言葉のバランスなんて選べるわけないだろう。無理矢理でもコレしかできないのだから、俺はこれで押しとおす！　バチがあたるよりマシだからな。

「主《あるじ》である玉藻さんに、そんな乱暴なことなどできません。それにお美しいのは本当ですし」

そう。玉藻は、本物の傾国の美女――金毛九尾《こんもうきゅうび》の狐、玉藻前《たまものまえ》なのだからタチが悪い。

「この容姿も我の武器の一つじゃからのう」

俺の言葉を受けて、玉藻はニヤリと口角を上げる。

スタイルのいい玉藻に比べて俺はというと百六十センチメートルほどの玉藻と比べて百七十五と身長こそ高いものの、平凡なまでの風体である。まあ、悪くもないがイケメンではないというレベル、と思いたい。

「そのように卑下するものではないぞ、将門。おぬしは我が見込んだほどのものじゃ。もそっと自信を持ってもよいのだぞ」

さらりと玉藻は俺の心を読んでからかう。玉藻と出会ってからいろいろと驚かされることばかりだが、これだけはぜひともやめてほしい。

「まあ、その服装だけはいただけないがのう……」

玉藻は俺の服装を一瞥《いちべつ》すると、容赦なく落としてくるが、

「何を言うんですか、アロハはハワイでは由緒正しき正装です」

俺は必死に反論。

「そちの服装についてとやかく言う気がないが、仕事にはその歌舞《かぶ》いた柄の衣装は持ち込むではないぞ。そなたの主たる我が沽券《こけん》にかかわる」

その言葉を聞いて、俺はちょっと意地悪をしてみたくなった。

「いや、沽券にかかわるって、俺と玉藻さんの出会い方は、沽券も何もあったものじゃなかったと思うんですが……」

たった二週間前の出来事を忘れるほど、俺はボケてはいない。それにあれは衝撃的だったからな、いろんな意味で。

俺の言葉の途中で玉藻は恥ずかしげに顔を赤らめる。

「我とていつもあのように振る舞っているわけではないぞ、あれは八百五十年ぶりの感動に我を忘れただけじゃ」

――二週間前のゴールデンウィーク。帰省した俺は、父に代わってもらっていたお供え当番を再び担当することになったのだ。

帰宅したのは土曜日の夜。さっそく稲荷寿司をお供えしてくるよう言いつかった。その時、本当に気まぐれだったが、俺は稲荷寿司二つを大きめの皿に移し、茶色の稲荷寿司の脇に笹の葉にくるまれた緑色の和菓子を一つのせた。

これは、有楽町の小さな雑居ビルにある和菓子屋のもので、上京直後に予約を入れてようやく手に入れた逸品だった。

和菓子好きの幼馴染が喜ぶだろうと思って気合を入れて買ってきたが、内緒で驚かそうと思ったことが裏目に出てしまった。幼馴染は旅行に出ていて、帰りは二週間後。

和菓子は冷蔵で二日しか持たない。残念だが自宅で消費するしかない。さいわい六個入りだ。祖父母と両親、俺で夕食後に消費すれば問題ないだろう。残り一つを、久しぶりのお社様にと思ったのだ。

俺は勝手口から出て、庭を横切りお社へ向かう。西の山の向こうに陽はすでに沈んでいるが、夜の六時だというのにあたりはまだ明るい。

空のお皿を下げ、稲荷寿司と和菓子をお供えする。

軽く身をかがめ、両手をあわせ「商売繁盛、家内安全」とつぶやきながらお祈りをした。正式ならば二礼二拍一礼なんだろうが、特に言われていないため昔からこれですませている。

お供えを終えて戻ろうときびすを返すと同時にガタッ、ガタリと音がした。振り返るとお社の扉が半開きになっており、皿の上の稲荷寿司と和菓子が消えていた。

おお、速いなと思いつつ、空になった皿を取り、半開きの扉を丁寧に閉めると俺は母屋へと戻った。

そして奇妙な出来事が始まった。

翌日の朝、いつものようにお揚げをお供えして戻ろうとしたところ、頭に何かコツンとぶつかった。振り返って足元を見るとクヌギの実が一つ落ちていた。あたったのはコレだろうが、この庭にはクヌギの樹などない。振り返りついでに供え物を見ると、お揚げはなくなっていた。

さらに翌日。お供えの後、なかなか庭から出られなかった。いくら俺の家の庭が広いといえど、一時間もかかるわけがない。夕食の魚は焦げているし、食後のお茶は異常に渋かった。これは母のせいかもしれないが、一緒に淹れた家族のお茶は普通だったのだから、あながち勘違いともいえまい。

……ここまでくれば、さすがにわかる。間違いなくお社様の仕業だろう。

心当たりはお供えした和菓子だ。要はもう一度お供えしろということだろう。だが、これはできない。なんといっても一か月前の予約が必要なのだ。

取り急ぎ和菓子屋に予約の電話を入れてみるが、受け取れるのはやはり一か月後だった。キャンセル待ちがでたら、連絡をしてもらうようお願いをしておいた。

もちろん、そのことはお詫びと共に、お社様にも伝えた。

が、三日目になるとさらにエスカレートした。

部屋と縁側との境のガラス障子に白い影が映るようになったのだ。それも、じっと見つめていると出てこない。視界の端にガラス障子が目に入るか入らないかという時に、スッと白い影が縁側を横切るのだ。

誰もいない部屋での異音。

寝ていると枕が部屋の端に、勝手に飛んでいる。

麦茶を飲んだら、麺つゆ。

ジュースの炭酸は一瞬で抜けた。

何もないところで転びそうになる。

俺のカレーだけ激甘……いろいろなことが起こった。

特にしんどかったのは、食事関係だ。恥ずかしながら、食べることが好きな、いや大好きな俺にはこれが本当にこたえた。

お社様もイライラしているだろうが、俺もそろそろ限界だった。日曜のお供えを終えたら、その足で東京へ戻ろう。そう考えていた。

そしてとびっきりの異変は、八日目の土曜夜に起こった。

いつもどおり稲荷寿司を片手にお供えに向かう俺。

連日の嫌がらせ（？）に疲れてはいたものの、翌朝、東京へ戻る気でいた俺は、ランチはどこにしようか？　それとも駅弁という手もあるぞ、と心躍らせていた。

しかし、そんな俺の計画は予定未満で終わった。

なぜなら、お社の前に足元まで伸びる金色の髪と豪奢な十二単《じゅうにひとえ》に身を包んだ美女が腰に手をあて、仁王立ちで立っていたからだ――。

「いや、あの時は本当にびっくりしました。まさか美味しいものが食べたいからという理由で八百五十年ぶりに顕現《けんげん》するなんて……」

静かな生活の終わりの始まりを思い出し、しみじみつぶやいてしまった俺。

玉藻は、顔を赤くして横を向いていた——が、

「さあ行くぞ、将門。今日は、どのような店を案内してくれるのか楽しみにしておるぞ。それに今日は仲間に、我の見込んだそちの紹介も兼ねておる。気合を入れていくのじゃ」

ごまかすように玉藻が俺の手を取り、歩き出す。

そう、玉藻の「見込んだ」との言葉どおり、俺はこの玉藻の従者のようなものを務めているのだ。

専門用語で言うと「神使《しんし》」。要は神のお使い、使いっ走りだ。そして、俺が神使であるということは、当然のことながら我が主である玉藻は『神様』ということになる。

食いしん坊だが、彼女は一応神様なのだ。

まあ、見込んだのは俺の「美味しいものを見つけ、届ける腕」なんだろうとは思っ

ている。

それでも代々、この神様をお守りしている家の跡継ぎとしては、拒否権などない。

それにどこか危なっかしいこの神様をほっとけないような気持ちにもなっている。美味しいものを食べ歩くのが好きな俺にとって、今のところ実害はないしな。

……いや玉藻、俺の手を引っ張って歩き出すのはいいが、そっちは逆方向だぞ。


左手に見えるうなぎの『三好』を過ぎてすぐに、本日の目的であるまずは一軒目の店に到着する。

店の名は『シュークリー』。店名のとおり、シュークリームが絶品だ。

茶色のタイル外壁に白い看板。お目当てのシュークリームは限定商品で、一日に三回、九時半、十二時、十七時に販売される。時間が合わず売り切れていても、人形町に来たら、この店でプリンとモンブランを買うのは必須だ。

『シュークリー』は早ければ開店三十分前には行列ができ始めるので、今日は余裕を持って九時には店の前に到着した。

想定したとおり、一番乗りだった。

短気な玉藻がじっとしていられるか心配だったが、初挑戦のシュークリームへの欲望と期待が勝ったらしく、今日はおとなしくしている。

以前、別の店の行列に並んだ時は、神たる自分が待たなければいけないことに我慢できず、先に並んだ人たちがトイレに行きたくなる呪いをかけようとしたこともあるからな。きちんと待てるだけでも素晴らしい。

「うむ。おしなべておぬしの勧める菓子は誠に素晴らしいのだが、本日食すのは西洋菓子という南蛮渡来の菓子なのか？」

玉藻が機嫌よく聞いてくる。そういえば今までは和菓子オンリーだったな。

「そうですね、玉藻さんが知っている今までに食べていた和菓子とは、全く違う味と食感になります」

「練り菓子、干菓子、羊羹と先日もあんみつなるものも食したが、そのいずれとも違うとな……」

玉藻はどうしても知りたいようで、ここ最近食べた菓子の種類をあげていく。

「うーん、どれもあてはまらないですが、美味しいことは間違いないです」

俺は保証する。それなりの数をこなした俺の、マイ・フェイバリット・シュークリームの最上位店だからだ。自信を持ってお勧めできる。

「確かに将門は神使の仕事をさせると今一つじゃが、美味なる食べ物を手配することにかけては飛び切り優秀じゃしな」

その落としているのだか、持ちあげているのだかわからない評価はいかがなものか。

それに手配というか金を出しているのも俺なのだが。

玉藻の神使になった時、この世の常識に従って給料や食いしん坊ゆえバカにならない食費についての交渉をしたのだが、さすが神様、金銭感覚どころかお金というものの存在を理解していなかった。

お賽銭は？　と聞いてみれば、あれは社を維持するための費用なので、神々が手を付けるわけにはいかないなどという回答が返ってきた。

まあ玉藻の社は、実家内なので賽銭箱そのものがないのだけれどな。

最終的には実家持ちということになったのだが、一時は軽く絶望した。

そんなことを考えながら店の前に並んでいるうちに、店内から店員が出てきて、購入個数を聞いてくる。

一日食べ歩く予定だから二個で十分かと思い、注文しようとすると……。

「六つじゃな」

玉藻が先に注文してしまう。

「えっ、だめですよ。セーブしていきましょう。この後だっていろいろ予定しているんですよ」

驚異的な胃袋というか食べたものが消え去る先を持っている玉藻のために、大食いファイターであろうと根を上げるハードコースを組んできたのだ。

付き合う俺は人並みの胃袋しかないため、完走するため朝ごはんは抜いてきている。気休めにしかならないだろうが。

不満そうな玉藻を見て、俺は続けた。

「今日は気合の入ったコースを組んだんですから、最初からとばすと胃袋的には相当厳しいと思います」

俺たちの後方にもかなりの行列がある。無茶買いをして、買えなかった客に恨まれるのもよくないだろう。信仰を集める神様である玉藻の立場的にも……。

そんな俺の気遣いも知らず、玉藻はあっけらかんと答える。

「何、我はどんなに食べようと太ることはないぞ。あまり心配するではないわ」

玉藻の話が聞こえたのか、後ろに並ぶ女性たちの視線がグンと冷たくなった。店員もそうだし、行列に並んだ客たちも俺たち……もとい玉藻をガン見している。

「ふむ、ちと悪意を感じるのう」

当たり前だ。女性の前でいくら食べても太らない体質をアピールすればムカつかれるに決まっている。

「玉藻さん、さすがに全方位的に喧嘩を売りまくるのはやめてください」

俺は声をひそめて、玉藻に懇願する。

「ふむ。人の代はほんに面倒くさい」

玉藻はそうつぶやくと、右手を一振りした。

周囲に一陣の風が舞う。と、途端、店員や行列に並んだ客、通行人たちの視線が急に興味を失ったかのように俺たちから外れる。

「玉藻さん……今、何しました？」

「視線もそうじゃが、敬意のかけらも感じられぬ気持ちを向けられても不愉快なだけじゃ。我を『普通の人間《ひと》』としか認識できぬ呪《しゅ》をかけたわ」

いや、助かったけど、玉藻の思う普通の人間ってどういうものか激しく気になる。ちゃんと普通なのか？

それに呪《しゅ》って大丈夫だろうな。呪いのことだろうし、あとでかけた人に神罰とかくだらないだろうな。

「安心せい、そのような大仰なものではないわ」

手をひらひらさせながら答える玉藻に俺は安堵の溜め息をつく。どうも玉藻と知り合ってから溜め息をつく回数が増えた気がする。

「それより、そろそろ店が開くようじゃぞ」

玉藻の目がキラキラ輝いている。やっぱりきれいだなと思いつつ、玉藻を見なおしていると……ってちょ、尻尾出てる！　楽しみなのはわかるけど、喜びすぎだって。

「おおおおっ、なんという菓子の数。将門はこの菓子の中からしゅうくりいむとやらを選んだのか。さすればそちはここにある菓子を全部食して、もっとも美味なる品としてしゅうくりいむを選定したのか？　なんという贅沢にして羨ましくもけしからんことを。主神を差し置いてのその所業、許すまじ」

買い求めたシュークリームの会計をしていると、玉藻が店内のショーケースに張り付いて何やらブツブツと言っている。

「う〜む、これが洋菓子というものか。和菓子と違い、なんときらびやかで華やかなものなのだ。和菓子なら使われているのは餡や求肥などと決まっておるが、この洋菓子とやらはさまざまないろどりのうえ、使われている品の見当もつかぬものばかりじゃ。やや、将門、この栗の香りがする茶色の菓子はなんというものじゃ」

ガラスケース越しにピンポイントにお菓子の香りがわかるあたり、さすが神様だなーと妙に感心してしまう。

「あのですね、いくら俺だって全部は食べたことないですって。そしてその菓子はモンブランというケーキの一種です」

今回はシュークリームのみとしたが、この店のモンブランはうまい。プリンやロールケーキなども絶品だ。

「人の代はなんという変わりようなのじゃ。我が知らぬうちにこのような美味しい甘味あふれる世界となっておろうとは」

玉藻は両手の拳をぐっと握りしめて、ショーケースを食い入るように見つめている。口元が半開きになって、ちょっとアホっぽく見えるというのは本人の名誉のために内緒だ。

「玉藻さん、いっぺんに美味しいものを食べてしまうと後の楽しみが消えてしまうでしょう」

玉藻がショーケースから目を外し、俺を見つめる。

「いいですか、この世の中、玉藻さんが考えているより菓子の数は多いですよ。それこそ八百万《やおよろず》の神々に負けないくらいあります。毎日違う甘味を食べても玉藻さんが生きてきた年月ぐらいは過ごせるでしょう」

俺の言葉に、玉藻は唖然とした。いつも玉藻にはしてやられてばかりだけどこういう時ぐらいは、主をからかってもいいよな。

「和菓子、洋菓子、そして玉藻さんの生まれた中国大陸の菓子も合わせれば相当な種類になります。日々新しいお菓子も生み出されていますし、お取り寄せといって日本各地どころか世界各地の甘味を届けてもらうことができるんですよ」

「なんと、我の時はお取り寄せといえば、塩鯖《しおさば》か鮒鮨《ふなずし》くらいのものじゃったぞ」

そりゃ昔は物流、発達していなかったから。

確か玉藻の現役時代、甘いものは水菓子と呼ばれていた果物類やそれの干したもの、水飴や蜂蜜、甘葛《あまづら》などを利用したものがメインだったはず。餅、煎餅、唐菓子なんかはあったっぽいけど、高級品だろうしな。

そう考えると、玉藻が食べることにここまで興奮してしまうのも、わからないではない。

シュークリームを受け取り、退店を促しながら説明を続ける。

「玉藻さん、美味しい甘味というのはたくさん食べればよいというものじゃないです。それぞれの土地、作り手、由来や料理との相性や飲み物とのバランス、季節を感じながら楽しむものです。そこにあるからといって考えもなく食べたりしたらそれは甘味に対して失礼というものです」

玉藻が目を丸くした。

「なんと、甘味の道はそのように深いのか。なるほど、確かにこれまで将門が馳走してくれた甘味は是非もなくすべて満足すべきものじゃった。我のためにそこまで考えてくれているとは、なんという主神思いの神使なのじゃ。我は感動したのじゃ！」

感極まったのか、玉藻が店の中にもかかわらず俺に抱きついてきた。興奮したせいで玉藻の呪が切れたのか、店員と店内の客が一斉に俺たちを見つめている。

俺はシュークリームを潰さないよう気をつけつつ玉藻を引き剥がすと、店の外へと走り出した。

店を出ると、「はよう、食べたい！　我慢できぬ、はよう！」との玉藻のおねだりに負けて、シュークリームを箱から取り出し、渡す。

「ふむ、ザックリとした皮の中に甘くトロッとしたものが入っておるのか。この皮は最中とは全く違うのう。そしてこの皮に練り込まれているのは、胡麻《ごま》じゃな。まさかこのような使い方があるとは……」

『シュークリーム』のシュークリームの特徴は、生地に練り込んだ煎りゴマだ。シュークリームの店は多しといえども、ここまでカリッとしてパリッとした食感の皮は珍しい。玉藻に最初に食べさせるシュークリームとして、この店を選んだ理由の一つがこの皮だった。

「この餡も絶妙な甘さなのじゃ。白餡にしては豆の味がせず、絡《らく》のような感じじゃが、これが洋菓子というものなのか……心くすぐる甘い香りと皮の香ばしさが相まって、たまらん」

玉藻の喜びっぷりに我慢できず、俺もシュークリームを頬張った。

「この中身、餡ではなくカスタードクリームというものです。白餡とは違い、牛の乳と鶏の卵、そしてバニラエッセンスという香料でできているんです」

「おお、そうなのか！　最中は柔らかい皮と柔らかい餡の取り合わせが絶妙だが、このしゅうくりいむというのはパリッとした皮にとろけるような……くりいむ？　とやらが合わさって仙桃にも劣らずの味じゃ」

「えっ⁉　玉藻さんは仙桃を食べたことがあるんですか？」

玉藻の出自は聞いていたものの、さすがにその話は初耳だった。

「うむ、大陸にいた時にのう。どうしても食べたくて食べたくて、仙界の桃園の管理をしていた猿の妖怪に、ちと衣の裾から太ももを見せたらカゴに山ほどくれおった」

玉藻が二個目に手を出しながら、さらりと言う。

どんだけ食べたいんだよ。

「ふふふ。もう一度、食べたいと思って桃園を訪ねたら、仏界に殴り込んで、釈迦如来に仕置きを食らったとかでいなくなっておったわ」

その妖怪、孫悟空じゃね？　というか、仏界と神界って行き来できるのか？　俺の心に疑問が浮かぶ。

「おお、この軽さなら何個でもいけるのじゃ」

さいわい、玉藻は三個目のシュークリームにトライ中で俺の考えを読む暇はなかったらしい。

シュークリームを食べながら、次の目的地に向かう。

目指すは『小網神社《こあみじんじゃ》』。今日、この界隈で食べ歩くために、そして今後も楽しむためには、このあたりの神様に挨拶をすませる必要があるのだそうだ。

玉藻が顕現しましたよー、そしてこの人間を神使にしましたよー、というお知らせは神々の間にすでに出回っている。その状態で、ほかの神様がいる場所に出向いて知らぬ振りをするのは、義理がとおらん、ということらしい。

玉藻は狐由来の神ゆえ、挨拶回りは稲荷神社だけでOKなのだが、それでも面倒くさい。

しかも、この人形町界隈には稲荷神社が多い、多すぎる。

江戸初期の言葉に、こんなものがある。

『伊勢屋、稲荷に犬の糞』

商店として目につく商号はといえば伊勢屋、商売や五穀豊穣の神様として敬われた伏見稲荷大社《ふしみいなりたいしゃ》を元とする各稲荷神社分社。そして当時数多くいた野良犬の糞を揶揄して言われた言葉だ。

当時からそれほど多かった稲荷。今は減少しているが、まだまだ多い。

長くなりそうな一日を思い、ちょっと憂鬱になってきた気持ちを、昼ごはんのメニューを考えることで立て直しているうちに、小網神社へ到着した。


小網神社は、ビルの谷間にあった。

境内はコンパクトにまとまっているが、説明書きを読むと、日本橋あたりで現存しているただ一つの戦前の神社建築らしい。

主神は倉稲魂命《うかのみたまのみこと》と弁財天《べんざいてん》、日本橋七福神の福禄寿《ふくろくじゅ》。

ご利益は強運・厄除け。これは小網神社が第二次世界大戦中、周辺が空襲の被害を受けたにもかかわらず、小網神社だけがその災禍を免れたことからきているそうだ。

「主神が倉稲魂命……稲荷大神なのに、神社名に『稲荷』の名がつかないのはなぜなんですか？」

鳥居の前で立ち止まると、俺は玉藻に疑問を投げかける。

「ふむ。まあこれは人の代の問題らしくてのう。以前はきちんと、小網稲荷神社と呼ばれておったわ。何やら人の代の事情……法人化？　によって稲荷の文字が取れたということじゃ。だが人が呼ぶ名前と本質は関係ない。主神は紛れもなく伏見大社の稲荷大神でな。この地を訪れたのなら必ず挨拶せねばならぬところなのじゃ」

法人化に伴い名称変更を行いました、ということか。

「神といっても人間と変わらぬぞ。最初から神だったものもいれば、人から神になったものや、我のように妖《あやかし》から神になったものもいるしのう、さまざまじゃ。それに将門、そちのように人でありながら神の代に足を踏み入れることができるものもおるし」

「そんなことができるようには、なりたくなかったんですけど……」

俺は玉藻に恨みがましい目を向ける。

「これもまたすべて縁《えにし》じゃ。この縁というものと魂の輪廻にて神の代も人の代も営まれておる。将門が我と出会い、我の神使となったのも縁というやつじゃ、今後も末永く頼むぞ八代将門」

玉藻の満面の笑みに、俺はうなずくしかなかった。

「さて、将門、準備はいいかのう？」

玉藻の言葉に、俺は鳥居の前で居住まいを正した。ここまでは俺が玉藻を案内していたが、これからは玉藻が俺を導く立場に変わる。

東京に居所を構えた時も玉藻に連れられ、近所の神社に挨拶回りに行ったので、さいわい付け焼き刃ながら作法は身につけている。が、やはり緊張する。

「あの、ものすごく根本的な疑問なんですがいいですか？」

緊張を一度解くため、質問を投げかけてみた。

「この前、挨拶した神社は稲荷神のみだったので、気にならなかったのですが……倉稲魂命は神道の神様、福禄寿の元は道教の神仙、弁財天に至っては確か……仏教だけど神道でもあるヒンドゥーの神様ですよね？」

俺の意図を見透かしたように、玉藻がちらりと横目で見てくる。

ちょっと悔しいが、仙桃のくだりで気になっていたことだったので、このまま質問を続けることにした。

「これから挨拶にうかがうと、誰が、どの神様が迎えてくれるんですか？」

「知りたいか？」

「できれば」

当たり前だろう！　と言いたいところをぐっとこらえた。

「先ほどのしゅうくりいむが非常に美味だったからな、教えようかの……神代も仏界も仙界も、乱暴に言ってしまえば同じじゃ」

はっきり言って、驚いた。どういうことだ？

「じゃが、キチンとすみわけている。そのあたりは、ほれ、人の代と同じじゃ。さまざまな主義主張があっても、一つの世界の中で暮らしているじゃろう。別の国から別の国へ行くこともある。我らも同様にお互いの縄張りがあり、その中でうまくやっているのじゃ」

妙に納得してしまう説明だけど……そういうものなのか？　いや、神である玉藻が言うのだから、疑う余地はないのだけれど。

「将門、そちはあくまで我の神使じゃ。よほどのことがない限り、仏界や仙界に足を踏み入れることはできんわ。おぬしが社を訪れる時、迎えるものは必ず神代のものとなろう。たとえ寺や宮を訪れても、仏界や仙界に飛ばされる心配はない……」

「なるほど」

それなら安心して除夜の鐘を突きにいけるな。

「……今のところはな」

「えっ？」

「それでは参るぞ」

俺の問いかけを華麗にスルーした玉藻が右腕を一振りすると、カジュアルな洋服は十二単のような和装へと変化。髪からは狐耳、背中側には玉藻前の名に恥じぬ金色に輝く九本の尾が光背のごとくゆったり揺れている。

俺もそれと同時に、白い着物に浅葱《あさぎ》色の袴、白足袋に雪駄《せった》という神官スタイルにチェンジさせられていた。

財布や携帯などを収納していたボディバッグが、どこかに消え去っている。ちゃんと戻ってくるんだろうな……。あれがないと、家に帰れないぞ。

「大丈夫じゃ、心配するな」

俺が持っていた荷物は玉藻が神界に収納しているらしい。ニューバランスに取って代わった草履の白い鼻緒に我が家の家紋が入っているあたり、玉藻の芸はかなり細かいな。

しかし、変身の瞬間から玉藻がその力をもって周囲の人間に見えないようにしているらしいが、本当に見えていないのか微妙に不安だ。

「将門、せんなきことを考えるでない。参るぞ」

「はい」

俺は気合を入れるために両の頬を手のひらでパチンと叩くと、玉藻の左後ろにつきながら鳥居をくぐる。

途端、あたりの景色が一変する。ビルの谷間から見えていた五月の青空は夕焼け時のような茜色の空に変わり、通りを行き交っていた喧騒は全く聞こえなくなった。

振り返ると鳥居の外は闇に閉ざされたかのように真っ暗。狭い神社の敷地内しか認識できない。その上、右手にある手水舎《ちょうずしゃ》では、二匹の龍がうねうねと動きながら水を吐き出している。

「将門、神代で手の清めは不要じゃ」

龍の動きがキモいと思いつつも手水舎に向かっていた俺を、玉藻が止める。

「それは人のためのものじゃ。不浄なものなど、この神代の社に入れぬし、入れられぬ。それゆえ、そなたも人の代のものを身につけていないのじゃ」

「なるほど」

俺はうなずきながら、社殿に歩を進めた。

現実の社殿と建物は変わらないものの、賽銭箱がないことに気付く。賽銭箱にお金を入れて願うのは、人間のみ。ここでは必要ないものなのだろう。

賽銭箱のかわり、というわけではないだろうが、そこには一人の青年が立っていた。

俺と同じ白い着物に浅葱色の袴。狐耳を生やし、体の後ろに二本の尻尾……そしてイケメンだった。くっ、身長は百八十センチメートルぐらいで俺より五センチメートルは高い。なんか微妙に負けた気がする。

そんなことを考えているとイケメンが頭を下げ、口上を述べ始める。

「わたくし、伏見大社におわす主神たる倉稲魂命様より、この小網の社を任されております神使の菱若《ひしわか》と申します。此度《こたび》は我が主神に代わりまして玉藻前様にご挨拶申し上げます」

菱若と名乗ったイケメン神使は、背筋がきれいに伸びた見事な一礼で挨拶を終えた。

菱若が頭を上げると、玉藻が小さな咳払いをした。

俺はずいっと前へ出ると、返礼する。

「ご丁寧なご挨拶痛み入ります。わたしは先日より玉藻前様の一の神使を務める八代将門と申します。此度はこの地を訪れるにあたり、急なご挨拶に応じていただき誠にありがとうございます。我が主、玉藻前も小網の社の主神たる倉稲魂命様の加護を受けたるこの地を、大変気に入ったと申しております。今後も度々訪れることとなりましょうが、お見知りおきのほど、よろしくお願いいたします」

どうにか噛まずに言い終えた俺は、菱若を見習って姿勢を正してから、礼をする。

この間、玉藻は扇子で口元を隠したまま一言も発しない。

稲荷神の中でも上位に属する玉藻ぐらいの立場になると、主神クラスとしか直接口をきくことはせず、こういった挨拶はもちろんのこと、所用はすべて神使の担当になるのだ。

「おお、あなたが噂の八代将門殿ですな。玉藻前様が初めて任じた神使ということで、お会いできることを楽しみにしておりました」

涼し気な目を細めて、俺に笑いかけてくる菱若。声に嘘が交じっている感じもない。

イケメン、意外といいやつかもしれない。

「わたくし、玉藻前様がこの地を訪れると聞いて、朝からここで待っておりました。

各社の神使たちは皆、拝謁の機会を得て喜んでおりまする。本当にお会いできて光栄です」

菱若が震えたような声で、そう続けた。

玉藻ってそんなに人気なのか。俺は怪訝な顔で菱若と玉藻の顔を交互に見比べる。が、玉藻は扇子の下で澄ました顔をしている。

さすが、傾国の美女。このくらいはなんてことないのかもしれない。

感激しつづける菱若との挨拶を終えて、次の神社、日本橋堀留町にある出世稲荷神社《しゅっせいなりじんじゃ》へ向かう。

ここは名前のとおり出世祈願の神社として名高く、歌舞伎役者の初代市川団十郎がここに日参したおかげで名を挙げたと伝えられている。強運・厄除けの小網神社と是非一緒にお参りしておきたいスポットだ。

しかしこの神社、初参拝者にはなかなかハードルが高いかもしれない。細い路地にあるせいもあるが、とにかく見つけづらいのだ。

なにせあるのが、マンションの一角。参道（と言っていいのか？）は、自転車置き場。趣のあるママチャリが止められた自転車置き場を抜けると、階段下に灰色の鳥居と朱塗りの社殿が現れる。

道路脇の赤いのぼりと「出世稲荷」と赤く彫り込まれた石柱がなければ、絶対に気付かないだろう。

「信心があれば社の場所などどこでも構わんし、境内に何があろうと構わん。いわゆる人の代のものは神代には持ち込むこともできぬしな」

玉藻の説明に俺はうなずく。

確かにそうだ。出世稲荷の社の脇に置かれた、「使用不可」の貼り紙付き洗濯機と乾燥機がそのまま神代にあれば、シュールの極みとしか言いようがない。

「のぼり旗に出世稲荷神社と岩代稲荷神社、二つの名前がありますが？」

「うむ、ここは二つの社を兼ねておるのじゃ。大抵は社ごとに神使がおるが、ここは一人の神使が二つの社の管理を任されておる」

鳥居から社殿まで二メートルもない狭い敷地だ。それでも鳥居の向こう側には手水場があり、その脇には逆さまに伏せられた新しげな植木鉢。その上に二十センチメートルほどの小さな狐の石像が、ちょこりと鎮座している。

社殿には二つの扁額が掲げられ、右の扁額には出世稲荷神社、左の扁額には岩代稲荷神社の名が刻まれていた。

「ふむ。よいか、将門？」

「すみません。見入ってしまいました」

玉藻の腕の一振りで衣替えを行うと、鳥居をくぐった。

その途端、目の前に神使が現れる。

「おっと」

ちょっとびっくり。まあ狭いからな。

立っていたのは、黒縁眼鏡以外は先ほどの菱若と変わらぬ服装で狐耳、二本尻尾の男性……いや、なんか小さいのがもう一人いる。

この子供も神使らしく、白着物と浅葱色の袴を身につけ、緊張しているのか、狐耳がぷるぷる震えている。可愛いな。

しかし、子供の姿を見た玉藻は眉をひそめている。

あれ？　子供が嫌いなのか。

いや、そんなわけはない。と、俺は同居人の顔を思い浮かべた。

「玉藻前様に再び拝謁でき、誠に光栄でございます。当出世稲荷神社を預かる神使のわたくし六郎太《ろくろうた》がご挨拶を申し上げます。こちらに控えるは岩代稲荷神社を管理する地狐《ちこ》の七郎太《しちろうた》にございます」

六郎太と名乗る神使は朗々と響く声で口上を述べた後、一礼した。七郎太と紹介された子供もペコリと頭を下げる。

さっき玉藻は神使は一人と言っていたが、七郎太は見習いなのだろうか。初々しい感じがやはり可愛い。

そんなことを思いつつ、俺も挨拶を返そうとした。が、その時――、

玉藻が口元を覆う扇子をパチリと閉じ、押しとどめるかのように俺の前へ突き出す。

何事か、と俺は動きを止めた。

玉藻は扇子でピシリと六郎太を指すと、問いかける。

「久方ぶりと思いきやいきなりだな、六郎太。何を企んでおる。この社にはそなた一人しかおらんことは重々承知じゃ。岩代の社を管理する地狐じゃと。そのような話は聞いておらんぞ。ましてや神使でもない地狐じゃ、伏見大社の許しは得ておるのか？」

玉藻の厳しい口調にも動じず、六郎太は黒縁眼鏡をクイッと上げるのみ。ただ事ではない気配を察したのか、七郎太は尻尾を丸めて身を固くしている。

――どうやらトラブル勃発、かな。ランチの予定が狂ってしまうじゃないか。

さて俺たちは今、出世稲荷神社兼岩代稲荷神社の社殿の中で座っている。

上座に玉藻、その脇に俺、玉藻の正面に六郎太が座り、七郎太はその斜め後ろに収まった。

外から見た感じは一メートル四方ほどの社なのに、中に入ると十二畳ほどの空間が広がっているのはどういうことなのか激しく探求したいところだが、状況はそれを許してはくれないようだ。

玉藻はピリピリとした雰囲気を隠そうともしない。対して、六郎太はひょうひょうとそれを受け流している。七郎太は、今にも泣きそうな顔だ。

何これ？　今日は食べ歩きとただの挨拶回りじゃなかったのか。

「……して、我を巻き込んで何をしようとしているのじゃ」

玉藻が問う。知り合ってまだ間もないが、我が主は駆け引きが嫌いだというのはわかっている。

ふざけたじゃれ合いはともかく、真剣ごとを茶化すことは一切ない。そのあたりはいい上司に恵まれたといえよう。

「そちらの七郎太なる地狐は本山《伏見大社》の地狐ではあるまい。しかも阿紫《あし》から地狐に上がったばかりじゃろう。そのようなものが、なぜ、ここにおるのじゃ」

地狐ってさっきも言ってたな。阿紫ってのも初めて聞く。玉藻の話しぶりからするに、神使のランクみたいなものか？　しかし俺、玉藻の神使のわりに話、置いてけぼりだな、全くわからん。

　玉藻が話しはじめようとする六郎太を遮り、俺に説明してくれる。

「すべての狐が妖狐というわけではない。この世に狐として生を受け、数年過ごしたところで妖として目覚めるのじゃ。まあ、大抵の妖狐は善狐として神に仕える神使を目指して伏見で修行するのじゃが、これが阿紫というものじゃ。だいたい伏見の本山で五十年ほど修行し、各地の稲荷神社に派遣されさらなる研鑽を積むのじゃ。して、百年ほどしたところで地狐となり、そうなればお社の管理を任される神使として認められるのじゃ」

　なるほど。うなずく俺を尻目に玉藻が六郎太に話を促す。

「玉藻前様におかれましては、こちらの七郎太を岩代稲荷のお社の見習いとして認めていただくようご助力をお願いいたしたく」

　六郎太が再び平伏する。玉藻は扇子をパチリと閉じると一気に言い放つ。

「六郎太、そちには本山で白菊大神《しらぎくのおおかみ》とやりあった時、確かに世話になった。じゃがあの時の借りは返したはずじゃ。それに見習いの一人くらい、そちの知古である末広大神《すえひろのおおかみ》に頼めば問題なかろうが」

　ぽんぽんと玉藻の口から伏見大社にいる神使の名前が飛び出す。

　以前聞いた話によれば、伏見稲荷大社の主神、倉稲魂命には直属の神使が何人かおり、そのうちの二人が白菊大神と末広大神だったのを記憶から引っ張り出した。確か玉藻は白菊大神と仲が悪いと聞いている。

白菊大神と玉藻、六郎太の関わりはわからんが、とても詳しく聞ける雰囲気ではない。神代の住人なら事情を知っているのだろうが、あいにく俺はただの人間だ。

「玉藻前様、勝手なお願いとは重々承知しております。しかしながら、この一件、末広大神様でも治めることは難しいかと思われます」

「なぜじゃ」

きつい言い方だが、六郎太は口をつぐんだまま続けようとしない。

「理由は言えないが、頼みを聞いてくれとか……。我は、戯言に付き合うている暇はないぞ。将門、参るぞ」

玉藻がすっと立ち上がる。

「……笠間の……稲荷がからんでおりますゆえ」

六郎太が、絞り出すように答えた。

何やら腹に据えかねているような物言い。口に出すのも嫌だという雰囲気が伝わってくる。

俺は昼食候補の一つであるハンバーガーショップ『ブラザーズ』の近くに、笠間稲荷神社があったのを思い出す。日本橋七福神の一つで、えーと確か、寿老人を祀っていたかな。……あれ？

「笠間稲荷神社の別社は、今日の訪問予定には入ってない……」

脳内からこぼれ出てしまった俺の疑問に、膝の上で拳を握りしめていた七郎太が肩をびくりと震わせた。

「将門にはまだ話していなかったのだがな。よい機会だから言っておこう」

そんな七郎太を見つめた後、玉藻がゆっくりと腰を下ろして話しはじめた。

「日の本の稲荷神社を束ねているのは、伏見大社であると知っておろう」

俺は頷く。

伏見稲荷大社。日本の稲荷神社の総本山である。

俺はいまだ詣でていないが、玉藻の神使になるにあたって、必ず訪れなければならない場所だ。

「しかしながら、ここ東国は伏見の目が届きにくくてのう。かわりに一昔前は東国の、関八州から蝦夷までを『王子稲荷神社』が束ねておったのじゃ」

「そちらなら知っています。落語の『王子の狐』で有名なお稲荷様ですね」

最寄り駅の京浜東北線王子駅から徒歩圏内にある神社だ。昔、飛鳥山公園に花見に行った時に王子神社と一緒に詣でた覚えがあった。

大晦日に行われる「狐の行列」は、ちょっとした名物だと聞く。

「……しかし、世も移り変わってな。昔と違い、今の世では東国の稲荷といえば『笠間稲荷神社』。神代での格は、信心の量と重さで決まるため、『王子』より参拝者数が多い『笠間』のほうが格上に変わったのじゃ。しかし束ねは『王子』のまま。そのため『笠間』の神使が事あるごとに『王子』と張り合うて、東国の稲荷を巻き込んだつまらぬ勢力争いをしているのじゃ」

確か、笠間稲荷は日本三大稲荷といわれることもある、大きな神社だ。だんだん話が見えてきた。

「玉藻様はどちらの勢力にも与《くみ》したくはなく、距離を保ちたいということですね。厄介ごとには巻き込まれたくないと」

「うむ。両者とも我の力を求めておってのう。巻き込まれぬよう気をつけていたのじゃ。おいおい説明するつもりであったが、将門の神使就任の挨拶にしろ、先に挨拶されたものは気をよくするのじゃろうが、後にされたほうは自分が格下と判断して、揉め事になるのは明らかじゃった。そのため今回の挨拶回りからも、別社とはいえ笠間稲荷は外しておったのじゃ」

玉藻は視線を六郎太に戻すと、七郎太を扇子で指ししめした。

「この七郎太、元は笠間稲荷神社別社の阿紫でございました」

六郎太の言葉に、玉藻が深いため息をつく。

「……あの、ちんまりとした狐の石像が依代《よりしろ》かの」

俺は手水鉢脇、植木鉢の上に鎮座していた小さな狐の石像を思い出した。

「御意。七郎太、笠間稲荷別社にて阿紫として修行を積んでいたのですが……」

玉藻が閉じていた扇子で眉間を押さえながら、呆れたように言う。

「おおかた、そこの神使にいびられていたので、おぬしが救ったのであろう。全く昔と変わらんな、六郎太……。それで、なんじゃ？　我にこの件を、笠間稲荷別社に納得させよと言いたいのか？」

玉藻の鋭い瞳に貫かれながらも、六郎太はひるむことなく頷く。

「断る。笠間の別社から、七郎太の依代である石像を実際に移動させたということは、なんらかの呪を使ったのであろう。お前一人でそのような呪が使えるわけがない。そこで我が調停に入る。笠間からすれば、この件には最初から我が関わっていると思うじゃろう」

この言い方だと、依代を物理的に移動させるのは、それなりの力が必要だということか。そして玉藻なら、簡単、かどうかはわからないができる……。

「とかく格を気にする彼らのことじゃ、将門の挨拶を後回しにされているうえに、阿紫を使って嫌がらせをしている――そう邪推してもおかしくない。そうなれば笠間の本社を巻き込んで泥沼じゃ。我はそのような面倒に巻き込まれることは、まっぴらごめんじゃ」

きっぱり言い切ったものの、玉藻は立ち上がらなかった。俺はそんな玉藻の横顔を見ながら、家で帰りを待つ同居人との出会いを思い出す。

まあ、こういう時に気を使えるのができる神使というものだ。

俺は震えながらうつむいている七郎太に歩みより、小さなその頭に右手を乗せる。

ケモミミって結構あったかいんだな。

「元のお社には戻りたくないんだな？」

俺の問いに七郎太は戸惑いの表情を浮かべながらも、しっかりと頷いた。

「この社で、六郎太の元でこれからも修行していたいか？」

こくんこくん、と二度頷く七郎太。

「自分の言葉で言いなさい。どうしたいのか、どうして欲しいのか？」

七郎太はまっすぐ俺を見つめた後、玉藻に向きなおり、その目を恐れることなくはっきりと言った。

「どうか、僕を助けてください」

そして深々と頭を下げる。

玉藻は扇子を広げ、顔を隠した。その仕草に、六郎太が笑みを深める。

玉藻がどんな顔をしているのか、短い付き合いの俺でも想像がつく。

「決まりですね。それでは玉藻さん、笠間稲荷へ行ってさっさと片付けましょう。さもないと食べ歩きの続きができませんよ」

俺は立ち上がりながら、玉藻を促す。

「おい、将門！　何を勝手なことを言っている」

慌てて立ち上がる玉藻。

「玉藻さんが彼女を神使にした理由の半分は……助けるため、でしたよね」

残り半分は、非常にくだらない理由だったが。

「帰りを待つ彼女に自慢できるでしょう。また一人、助けたって」


六郎太と七郎太に見送られ、出世稲荷兼岩代稲荷神社を出た俺たちは、笠間神社へ向かう前に、三光稲荷神社《さんこういなりじんじゃ》に立ち寄ってみたのだが——。

「しかし、笠間稲荷神社別社以外の社が、全部共犯だったとはな」

話を聞いてみると、七郎太がいじめに近い待遇を受けていたことは、この界隈の稲荷神社内では有名だったらしい。

今回の一件は玉藻が訪れると知った出世稲荷、三光稲荷、橘稲荷《たちばないなり》、富澤稲荷《とみざわいなり》の神使たちが結託して仕組んだことと判明した。

他力本願にもほどがあるだろうよ、神代の狐たち。

「我は神としてはそれほどでもないのだが、妖狐としての格がのう、今生で尾が九本まであるのは我だけだからどうしてもな。先ほど言ったように神社の強さは信心の量と重さによる。彼らでは笠間に抗いようがないのじゃ」

そのため神使たちは協力しあって近所の子供に呪をかけ、七郎太の依代である狐の石像を、笠間稲荷別社から出世稲荷の境内に持ち込ませたらしい。

そのうえで、六郎太の後を継ぐ意味で、新たに七郎太の名前を与えた。

神使たちは名前によって主神や社に縛られるため、仕える社を変える時は名前を変えるのが習わしらしいが、それを逆手にとって笠間の神使から隠そうと考えたということだ。

「して、将門？　あまり期待はしておらぬが、何か策はあるのか」

「ありませんね」

と、即答する。

「かーーーーーーーっ！　おぬし何を考えておるのじゃ。勝手に安請け合いしおって、我の平穏な生活をどうしてこうかき乱すのじゃ」

「だって、玉藻さんは優しいから」

俺の一言に、玉藻は呆れたように言った。

「何を言うのじゃ。我は今まで、思うがままにしか生きておらぬ」

「困っている人を見ないふりなんかできないでしょう。あの時だって」

「将門、おぬしを神使にしたのも我が人の代で、美味しいものを味わうために最適じゃったからで……」

「でも、睦月《むつき》を救ったでしょう？」

俺は家で帰りを待つ同居人の名を挙げる。

「あれはあれ、これはこれじゃ」

そう早口で言う玉藻。それでごまかしたつもりだろうが、心の底など俺も同居人もお見通しである。というか、そっぽを向いた頬が赤い。

「腹が減っては戦さはできぬ、と言います。まず、この店で美味しいものを手に入れましょう」

俺は一軒の店の前で立ち止まると、そう玉藻に提案した。

東京でどら焼きの御三家を選べといえば上野『うさぎや』、浅草『亀十』。そしてこの日本橋堀留町の『清寿軒』をあげる人が多いだろう。

上野『うさぎや』のどら焼きは、はちみつの甘さと色艶が素晴らしく、いかにもどら焼きといった美しさが魅力。『亀十』はふっくらとした皮がたまらず、ここ『清寿軒』はぎっしりと詰まった自己主張の激しい餡が人気だ。

俺の好みとしては、『亀十』の皮で『清寿軒』の餡を包んだどら焼きが最強ではないかと思っているのだが、自分でカスタマイズするようなことはしない。それは作り手への冒瀆だからだ。

「おおおお、先日の上品な餡の甘さのどら焼きもよいが、この餡がはみ出んばかりの質実剛健ともいうべきどら焼きもたまらぬのじゃ」

つい先日、上野『うさぎや』のどら焼きで、どら焼きデビューを果たしたばかりの玉藻。七郎太の問題など忘れたように、並べられたどら焼きを食い入るように見て言う。

『清寿軒』のどら焼きは大判と、その半分くらいのサイズの小判がある。俺的には小判のほうがみっしりと餡が詰まった感があり、大判を一つ食べるなら、小判を三つ選ぶことにしている。

俺は小判七個入りを買い求め、一つを俺用、一つはお土産に、残り五つを玉藻に献上した。

玉藻はさっそくどら焼きを口に放り込んでいく。いや、もう少し味わいながら食べようよ……。

俺は丁寧に炊かれた餡をじっくり味わいながら、もう一つのどら焼きを見つめる。

神代に行くと俺の荷物と服は玉藻によって収納されてしまうらしい。が、意識して手放さないとしたら、物品を持ち込めるのだろうか?

玉藻は不浄なものは持ち込めないと言ったが、どら焼きって不浄じゃないよな。いや、むしろ俺にとっては神聖なものだ。

…………。

悩んでいてもしかたない。よし、試してみよう。俺はカーゴパンツのポケットに、そっとどら焼きをしまった。

すっかり満足したらしい玉藻が、ようやく口を開く。

「まあ、よかろう」

俺の主は、非常にちょろい。

「──ただし将門、おぬしにも協力してもらうぞ」

わが主神は情け容赦なく言い放つと、ニヤリと笑った。

人形町駅から久松警察署に向かって歩くと、右手に小さな神社が見えてくる。これが笠間稲荷神社の東京別社だ。

俺と玉藻は鳥居の前で立ち止まる。出世稲荷よりは大きいが、鳥居をくぐれば数メートルで社殿に到達できるくらいの小さな社だ。

「将門、おぬしは我の神使じゃ、取り乱すではないぞ」

「当たり前です。というか、さすがに慣れてきました」

いつものように玉藻の一振りで着替える。その瞬間、カーゴパンツのポケットに入れたどら焼きに、意識を集中してみた。

……おお、衣の懐にどら焼きが入ってる。成功だ！

「むむ。何やら、どら焼きの匂いが……」

「玉藻さん。先ほどの餡子がついてますよ」

俺は玉藻の口元についてもいない餡を拭うふりをして、慌ててごまかす。

——この一個は、死守せねば。

俺が主神に対して不埒な裏切り行為をしていると、鷹揚な出迎えの声がかかる。

「これはこれは、玉藻前様におかれましてはご機嫌麗《うるわ》しゅう。わたくしは笠間稲荷の東京別社を預かる、真淵《まぶち》と申します」

真淵と名乗った神使は、女性だった。白い衣に緋色の袴、白足袋に草履。そして背後でたわめく三本の尾。

背中の半ばまである長い黒髪からのぞく茶色の狐耳、端正だが吊り上った眦《まなじり》がちょっとクールな印象を与えている。

「ほほう、そちらが件《くだん》の人間で」

一礼の後、ちらりと俺を横目で見ると、見下したかのように言い放つ。

言葉で人が刺せるならこんな感じなのだろう。クールじゃなく実際に冷たかったが。

まぁいい。まずは返礼だ。

「ご丁寧なご挨拶……」

「真淵、玉藻前様に拝謁でき、恐悦至極でございます」

真淵と名乗った神使は、俺の口上を無視して言葉を重ねてくる。

「此度は……」

「以前より、玉藻前様には一度、正式にご挨拶をさせていただきたいと、切《せつ》に願っておりました」

いやいやいやいや、ここは礼儀正しくいきましょうよ。俺は玉藻に気付かれないように小さなため息をつく。

「真淵、おぬしがこやつに思うところがあるのはわかるが、この八代将門は我の神使じゃ。それなりの敬意を払ってもらおうぞ」

玉藻が苦々しげな顔で言い放つ。その視線を受けても動じることなく真淵は言葉を返してきた。

「玉藻前様の神使とあればやぶさかではありませんが、聞けばいまだ本山の許しはおりていないとのこと。そうなれば我々、本山に認められた神使と同等の扱いをすることなどできませぬ」

まあ、言わんことはわからないでもない。

本来、神使になる際は、主神に認めてもらわないとならないらしい。特に試験があるわけではないが、主神がその資質を視て判断するということだ。

玉藻と俺の場合は、伏見大社の許可が必要だが、俺たちは出会ってまだ二週間ほど。元々予定されていた神使でもないため、いろいろやらなくてはいけないことも多く、いまだ伏見を訪れるタイミングがとれていなかった。

お陰で玉藻の神使といっても、俺は仮免中のような立場なのだ。

まあ、ぽっと出の神使など認められるわけがないっていうのも、わからんでもないが……。

「……たかが人間ごときが、玉藻前様の初の神使とは！　しかもよりによって下卑で、野蛮な、男などっ‼」

ええーそこなの。思わずゆるい視線を投げかけた俺を、真淵はキッと睨みつけ、どんどんエキサイトしていく。

「しかもこの覇気のなさと間の抜けた面！　玉藻前様に到底釣り合うとは思えません！　なぜに我ら仙狐の中から選んでくださらなかったのか？　玉藻前様のためならばこの真淵、笠間のお勤めをすぐさま返上し、貴方様の元へ馳せ参じたものを……」

うーん。なんか話がおかしな方向へ転がってないか？　それにしても顔のことは今、関係ないだろう。

「今からでも遅くありません！　玉藻前様、真淵を、この真淵を御配下に加えてくださいませ！」

「……これだから我は関わりたくなかったのじゃ」

玉藻はがっくりと肩を落としている。

俺の呆れたような視線に気付いたのか、嫌々説明を始める。

「こやつらが尊敬してくれるのはうれしいのじゃがのう……一部の女狐どもは何を勘違いしているのか知らんが、我を妙に、下手すれば主神以上に慕ってくるのじゃ」

「アイドルを崇拝するようなものですか」

俺はひとりごちる。

「ふむ。あいどるという言葉の意味はわからんが、将門の考えているとおりじゃな」

また心を読む。便利だが、あまり不埒なことは考えられないのが辛いところだ。

……あれ？　玉藻の策ってもしかして、ファン心を利用しちゃえ的なやつだったのか。鳥羽上皇をだました玉藻にかかれば、そんなこと簡単だろうし。

「今、失礼なことを考えておるじゃろう。おぬし」

軽くにらんでくるが、否定しないところをみると、図星だな。

「そんな下賤なものと、気安く言葉を交わすなど……」

「真淵、いい加減にせい」

玉藻が止めようとするが真淵の罵詈雑言は止まらない。罵倒されているのは俺なのだが、悪口のバリエーションの豊かさに、ある意味感心するくらいだった。すげえなこの人。

「将門、おぬしがひどく言われておるのじゃぞ、少しは言い返したらどうじゃ」

そう言われても俺、本当に人間だしな。外見にしたって普通だと思いたいが、相手からの見え方はどうにもしようがないし。

「おぬしはちと人がよすぎるぞ。神ともなればわがままばかりじゃ、そのような塩梅では務めもままならぬぞ」

神様がわがままなのは、玉藻で十二分にわかっているよ。

それよりいい加減、本題に入りたい……と思っていたところ、真淵の風向きが変わってきた。

「おおかた、このたびの玉藻前様の参内も、わが社の下働きをさらった六郎太に泣きつかれてのことと拝察いたします。あのような仕事もできぬ小僧のことなど玉藻前様が気に掛けることもありませぬ——」

真淵は状況を把握していた。というか、隠しきれてないじゃん、神使たち。

「——だいたいあの小僧は、日々の務めもろくにこなせぬ無能もの。怪しい出自の身の上で、この笠間の軒下に入れてもらっただけでも感謝せぬとならぬのに、ほかの社に駆け込むとは、まったくもって笠間の恥さらしでございます。何かの時に身代わりにでも役立てばと思い、ここでやしなって……」

この調子で七郎太はいじめられたんだな。これはキツイ。聞いているだけで鬱になりそうだ。さっさと終わらせて、帰ろう。

そう思った瞬間、周囲に冷気が満ちはじめた。

「……ほう」

聞くだけで身がすくみそうな、冷たい声。

驚いて、思わず玉藻を振り返る。一見、笑っているように見えるが、これは笑顔じゃない。見据えるような瞳が、心なしか金色に光っている。

こんな玉藻の表情、初めて見た。

「身代わり、とな？」

光背のような九本の尾が大きくふくらむと同時に、質量を持った重い突風が吹き、俺と真淵を襲った。

正面からまともに受けた真淵は、黙り込む。

「真淵。おぬし同胞《はらから》をそのように扱っておったのか？」

玉藻の背後で九本の尾がゆらゆらと揺れている。反して真淵の尾は三本とも地面にぺたりとついたままだ。

「いえ、その、あのような力なきもの……」

「だまらっしゃい！」

玉藻の吠えるような怒号が響き渡り、新たな風が吹きはじめた。

「自らが庇護するものを守れずとして、なんの上役じゃ。おぬしは笠間稲荷神社別社の神使として、阿紫であったあやつを導くのが務めのはずじゃ。それを、まるでもののように扱い、あまつさえ身代わりなどとは言語道断」

風は勢いを増し、ちょっとした嵐のようになってきている。さすがに、まずい気がしてきた。

「同胞を軽く扱い、そのように見下すなど笠間稲荷も地に落ちたものよ！」

茜色に包まれていたはずの神代の空は、いつの間にか漆黒の雲が広がり、冷たい雨、いや霙《みぞれ》まで混じりはじめた。真淵はいつの間にかぺたんと座り込んでしまっている。

「……玉藻さん」

「己の力を過信し、力なきものを軽んじるのは許されることではない」

「玉藻さん」

「真淵、おぬしもいずれわかるかもしれんが、その時は手遅れ。相応の罰が――」

「玉藻さん‼」

俺は玉藻の腕を取り、折れんばかりに握りしめていた扇子を取り上げた。

「わかった。もうわかりましたから、落ち着いてください」

俺や同居人に対する扱いから見て、玉藻が部下思いというか、他者に対する思いやりと優しさを持った人間、いや妖だとわかっている。

その玉藻がここまで激高するのは、「身代わり」という言葉に反応したからだろう。過去に何かあったのかもしれないが、これ以上の暴走は玉藻にとってもよくない気がした。きっと玉藻は、ひどく悔やんでしまう。

「いや、我は……その……」

正気に返ったのか、玉藻はうつむきながら言葉を濁す。

「……脅かすつもりはなかったのじゃ。じゃがあやつが」

玉藻がどんどん落ち込んでいく。真淵は相変わらず座り込んだまま、ぴくりとも動かない。

神様や神使って、もっと気高いとか落ち着いた存在だと思っていたのに、なんだろうかこの状況。素直に七福神巡りを楽しんでいた頃に戻りたいなーと現実逃避しそうになったが、そういうわけにもいかない。

俺は解決策を模索しようと、元凶である真淵を改めて見る。相変わらず座り込んだままだが、顔をあげ、俺を睨みつけていた。

えー、なんで俺？　俺、何もしていないのに、むしろ止めてあげたのに……八つ当たりですか？　などと考えながら、俺も見返す。真淵は悔しそうに目を逸らし、立ち上がろうとしているけど……あれ？

「玉藻さん、先ほどの風はなんですか？　どうやって嵐を起こしたんですか？」

「あれは、我の霊圧じゃ。力の具象化である。霊力を感じることができるものには、直接的な影響を与えられるものじゃ」

「霊圧？　ただの風かと思いました」

「たわけが、おぬしは我の神使になるだけの力を持っておる。この程度の霊圧で萎縮してもらっては困るぞ」

いや、俺、人間やめたつもりはないんだが。でも、そういうことなら——。

「力、ですか……」

ちらりと真淵を見る。

「多少は修行しておったようだがの、まだまだじゃ」

それなら、ここが落とし所だな。俺は真淵に歩みよりながら、懐から例のブツを取り出す。

「将門、そちから何やら芳《こう》ばしい香りが」

「玉藻さん、ちょっと黙っていてください」

俺は絶対零度の視線で玉藻に言う。

「いや、我は……」

そんな玉藻を尻目に、真淵の前で膝をついた。

「さて、笠間稲荷神社別社の神使殿よ。単刀直入に参ろうか。此度のこと、これで手打ちにしてもらえないだろうか」

俺は真淵の目をしっかと捉えながら、提案する。

等しく玉藻の霊圧を受け、平気だった俺と、今も立ちあがれない真淵。俺を見下した彼女にとって、この状況は耐えられないはずだ。

気丈に見返してくる真淵を、もう一押しする。

「それとも神使とはいえ、人間ごときと話すのは我慢できないと? そんな姿を見られても?」

真淵の顔が羞恥のあまり真っ赤に染まる。

「その姿の口止料と思えば、手打ちぐらいなんともないと思うがな」

俺の言葉に真淵は顔を青くしながら頷き、俺が差し出したどら焼きを受けとった。

七郎太問題を片付けた俺たちは、遅いお昼をとりに目的地である『ブラザーズ』へ向かう。

この人形町でランチを食べようとすると、迷うこと間違いなしだ。

『玉ひで』の親子丼に、『人形町今半』のすき焼き、『小春軒』のかつ丼、『魚久』のぎんだら京粕漬定食、『中山』の黒天丼などなど。

今日俺が玉藻のためにチョイスしたのは、『ブラザーズ人形町店』だ。この店、今でこそ珍しくなくなったが、ハンバーガー専門店の草分け的存在だ。

肉汁たっぷりのパティの味わいを思い出しながら、清洲橋通りを左に入る。

『ブラザーズ』は、和テイストな老舗が並ぶ人形町に、少々ミスマッチなコンクリート打ちっ放しの外壁に赤い外装と看板が目立つ店だ。

時間が遅いせいか待っている客もおらず、すんなりと案内される。

「玉藻さん、お腹の空き具合はいかがですか？　この店のハンバーガーは量が多いですが、食べきれそうですか？」

メニューを見ながら、俺は玉藻に聞いた。

「先日食べたサンドイッチというものも美味じゃが、このハンバーガーというのも美味そうじゃな」

玉藻が言うのは、つい先日までハマっていた西日暮里『ポポー』のサンドイッチのことだ。お気に入りはツナだったが、店の全メニューを制覇するまで我が家の朝食がサンドイッチだったのは言うまでもない……。

俺はシングル、食いしん坊の玉藻はダブルのロットバーガーに決まった。

ロットバーガーはこの店の看板メニューだ。

オリジナルパティに目玉焼き、ベーコン、パイン、チーズ、レタスにトマトといった構成でソースはＢＢＱ、テリヤキ、レッドホットチリ、スィートチリの４種類から選べる。

今日はビギナー玉藻のために、基本のＢＢＱソースを選択した。ドリンクは俺チョイスで、二人ともルートビアだ。

注文が届くまでの間、ふと思いついて玉藻に聞いた。一件落着したことを、六郎太に伝えなくてもいいのか？　と。

するとと玉藻から自慢げに、知らせを飛ばしておいたので無問題と返された。マジ便利だな、神代のシステム！　それは俺も使えるのか？

聞きだそうとした時、ハンバーガーが届いた。

存在感たっぷりのハンバーガーに、付け合わせのポテトフライとオニオンフライ、ピクルスも負けじと自己主張をしまくる、これぞハンバーガープレート！　といった逸品だ。

俺は玉藻に食べ方をレクチャーする。

最近はナイフやフォークを使う意識高い系のハンバーガーが増えているが、俺は手づかみでがぶりとやるのが好きだ。そのほうが、口いっぱいに頬張る快感があるし、肉汁も余さずしっかり味わえるように思うからだ。

備え付けの紙でハンバーガーを包み、多少押しつぶして口のサイズに合わせたら、思いっきりかぶりつく。

パティの肉とチーズ、トマトの酸味とレタスのしゃっきり感が口の中で渾然となってそれをバンズのしっかりさが包み込む。

「異なる食材を一つにまとめて食べるとこのように豊かな味になるとは……サンドイ

ッチもいいが、こちらはなんというか野趣あふれる味わいじゃのう」

感心している玉藻。どうやら気に入ってくれたみたいだ。連れてきた甲斐があった。

心と胃袋の両方に満足しながら玉藻を見ると、がっついた感じもないのに一瞬でハンバーガーが口内に消えていく。綺麗な食べ方というか、摩訶不思議な現象というかは微妙だが……。

「もう一つぐらいいけそうじゃな」

玉藻が指に付いたソースをペロリと舐めとり、ルートビアを手にした。ストローを使って、一気に飲みはじめる。こっちは、どうだ？

「ぐえええええ、なんじゃこの飲み物は」

うむ、駄目だったか。このケミカルな味わいの奥深さがわからないとは、玉藻もまだまだだな。

「腐っておる。この飲み物は腐っておる。そのうえ、なにやら薬のような、木炭のような匂いがするのじゃ」

いやいや、いやいやいやいやいや。玉藻、それは世界中のルートビアファンを敵に回すからやめて。それに店にも失礼だし。

沖縄では飲み放題な店もあるうえに、かの刑事コロンボも愛飲したというアメリカの伝統的なソフトドリンクだぞ。まったくルートビアやドクターペッパー愛好家には厳しい世の中だ。

そう力説しそうになるが、初心者にはキツイかと温情を見せた俺は、玉藻のために追加でアイスティーを注文する。

そうだ、家で待つ同居人にもお土産が必要だな。

どら焼きをもう一回買いなおすのは微妙だ。けど、次の食べ歩きまで間があるだろうし、それもいいかな……などと考えながら、ルートビアのおかわりを頼む。

悩む俺に、玉藻がはしゃぎながら言ってくる。

「して、次の食べ歩きはいつじゃ、明日か、明後日か」

その言葉に、俺は全身の力が抜けていくのを感じていた。

第二章

お狐さまと神使の日常

Okitsunesama to Tabearuki

02

東京都台東区谷中、山手線の日暮里駅から谷中霊園を抜けて徒歩十分。

そこに我が家はある。住みはじめた当初、いろんな意味で名高い霊園を通るのには抵抗があったが、よく考えれば一番の怪異が自宅で待っている。霊園ごとき、なんてことはない。

玉藻と一緒に住むことになって、大学入学当初に入居していた学生用アパートから急遽、移動した物件だったが、これがなかなかよいのだ。

昭和初期に建てられた年季の入った木造建築。ただし、内外装共にしっかりリノベーションされていて、住み心地は抜群だ。山手線内では贅沢なこぢんまりとした庭と手押しポンプのついた井戸が高ポイントといえる。

特に俺が気に入っているのは、縁側だ。

風雨の強い日は雨戸を閉めるなどの手間がかかるが、開放感が半端ない。田舎の広い間取りに慣れた俺にこの家は、マンションよりも合っていた。

谷中はいわゆる寺町というところで、たくさんのお寺が存在している。

玉藻に言わせると、寺ばかりで神社がないのが理想的な立地らしい。近所に神社があると何かと付き合いや氏子の取り合いなどが生じて煩わしいそうだ。

二人が気に入って決めたこの家だが、問題は俺がこの歳で高額ローンを抱えることになったってことだ。

もっとも購入代金は実家の父と祖父が立て替えて、俺の出世払いという返済方法だが、玉藻の神使を務めているのに、大学卒業後、普通の職業に就くことができるのだろうか。というか大学自体卒業できるのか？　……果てしなく不安だ。

「睦月、ただいま帰ったぞ」

玉藻の鷹揚な声に応えて、家の中から白い衣に緋色の袴姿、白い足袋を履いた少女が家の奥からとてとてと駆け寄ってくる。

「おかえりなさいませ、玉藻様。して、ご挨拶のほうはいかがだったでしょうか」

睦月と呼ばれた少女が頭を下げる。俺と同じく玉藻に仕える神使で、後輩にあたるが幼い姿に似合わずしっかりとした口調だ。

そう、この少女こそもう一人の同居人である。

切れ長の瞳に長いまつ毛、幼いながらも整った顔立ち。このまま成長すれば絶世の美女間違いなしだろう。……いつ大人になるかは、不明だが。

こう見えても睦月は、なんと百三十八歳（自称）。玉藻との共通点は、茶色の耳とふさふさした尻尾である。この屋敷を手に入れた時に出会い、俺に続き玉藻の神使となった。

「まあ、なんじゃ。いつものごとく、といったところじゃ」

言葉を濁す玉藻。睦月はちらりと俺の顔を見て、溜め息をつく。

「玉藻様もあまり無茶をなさらぬように。八代様もあまり玉藻様を甘やかさぬよう、お願いいたします」

「いや、今日は玉藻さんの無茶というより、無茶が飛び込んできたというか……」

俺の返事を無視して、睦月は話を続けた。

「伊勢より例月の文《ふみ》が届きました。後でご覧になれますように、封は開けず八代様の実家のお社にお届けしておきました」

玉藻の靴を片付けながらにこやかに報告する睦月だが、俺とは一切視線を合わせようとはしない。というか、一定の距離からけっして近付くこともない。

どこかの神使と違って人間嫌いというわけではないのが救いだが……。

睦月が俺と話したがらない理由を、さりげなく玉藻に聞いたこともあるが、いつも「いずれ分かる」などとはぐらかされ続けている。

そんな調子なので、二人で仲良く玉藻にお仕えするとはいかず、人の代関係が俺、神代担当は睦月と役割分担するようになった。ちょっと意思の疎通は取りづらいが、お互いの領分がきっちりしているぶん、それなりにうまくやれていると思う。

先ほどの文というのも、月に一度伊勢神宮から神代の状況を伝えてくる新聞のようなものであり、これにより神代の事情がわかるようになっている。

俺や睦月が玉藻の神使になったというのもこの文に載ったらしい。どうりで人形町の神使たちが俺のことを知っていたわけだ。

「そういえば、睦月に土産を買ってきたのじゃ」

玉藻が俺のボディバッグを奪い、中からどら焼きを取り出し、睦月に渡す。

食べ歩きに睦月もつれていきたいところだが、残念ながら玉藻の神力をもってしても、睦月を人の代に具現化させることはできないのだ。

というわけで、玉藻と俺が出かけると必ず何かしらのお土産を睦月に買ってくるのが、いつの間にか習慣となっている。

睦月はどら焼きをおしいただくように受け取ると、ちらりと玉藻を見つめる。

「うむ、早速食べるがよい」

玉藻の言葉に睦月は、尻尾を振りながら茶の間へと走っていく。狐というより子犬のようで可愛い。可愛いが、もう少し懐いてくれてもいいのに……。

「将門、情けない顔をするでない。少しは先輩としての余裕とか、大人としての矜持を見せよ」

いや俺、睦月より百歳以上も年下なんですけど。

「前にも話したじゃろう。睦月は齢百歳を超えているとはいえ、阿紫から地狐になったばかりじゃ。人でいえば十歳そこそこ。そのあたり、配慮せい」

「まあ、わかってはいるんですが、ここまで避けられていると凹みます」

俺はボヤキながら、台所に向かう。

「前にも話したじゃろう、嫌われているわけではない。睦月はおぬしがちょっと苦手なだけなのじゃ」

それ、全然フォローになっていないから……。

まあ、いいか。幸い日常生活を送るぶんには支障はない。もっとも神や神使と暮らす生活が日常生活といえればの話だが。

「ああ、玉藻さん、お茶淹れるから茶の間へ行っててください」

台所から玉藻に一声かける。

冷蔵庫から冷やしておいた井戸水のボトルを取り出すと、南部鉄瓶に注ぎ入れ、火にかける。

茶葉は……睦月のどら焼きと合わせることを考えると、煎茶一択だ。

益子焼の湯のみを取り出し、茶葉を入れた朱泥の急須といっしょにお盆に載せる。

茶の味は多少わかるほうだと自負しているが、茶器については不勉強だ。この家の食器はすべて、実家で用意してくれたものだが、都育ちで目と口の肥えた玉藻が何も言わないところを見るとよいものなのだろう。

茶の間に入ると睦月が嬉しそうに大きな口を開けて、どら焼きにかぶりついているところだった。俺に気付くと、顔を真っ赤にしてどら焼きから口を外してしまったが。

見ないふりをして、俺は茶を淹れはじめた。出す順番は、当然、主神たる玉藻が一番で、次が睦月である。うむ、俺は女性に優しいのだ。

「さて、夕飯は何にしますか？」

玉藻と睦月に尋ねる。

「そうじゃな……。昼がこってりしたものだったから、あっさりしたものが良いぞ」

「わかりました。腕にヨリをかけて作りますよ」

うん、助かった。さすがに『ブラザーズ』のハンバーガーを食べた晩に、揚げ物とかと言われたらどうしようかと思った。

夕食用に、『人形町今半』ですき焼きコロッケやメンチを買ってくるという案もあったが、カロリーを考えると脂っこいものが続くのは避けたい。

俺は冷蔵庫の中身と乾物の在庫を思い出しながら、台所へ戻った。

大きな鍋に水を張り、火にかけてから、『揖保《いぼ》乃《の》糸《いと》』を取り出す。

冷蔵庫の野菜室から、酢橘《すだち》を二つ選ぶ。一個は搾り、もう一個はスライスしておく。

次に冷やしておいた自家製出汁を、冷蔵庫から取り出した。

この自家製出汁は、熊本の干し椎茸《しいたけ》を使った自信作だ。

昆布や鰹節《かつおぶし》の出汁もいいが、暑くなってくると、茗荷《みょうが》や生姜《しょうが》、紫蘇《しそ》といった香味野菜とさっぱり合わせたい。となると、椎茸出汁のほうが、味にまとまりが出るような気がするのだ。

自家製出汁を、青い薩摩切子の大椀に注ぐ。そこに酢橘の搾り汁を少々加え、スライスも浮かべる。完成したつゆは冷凍庫へ入れた。俺の主義としてそうめんつゆに氷を入れて冷やすのは、水っぽくなるのでNGなのだ。

次に生姜をすりおろし、浅葱《あさつき》を刻んで薬味を用意する。

そうしている間に湯が沸いたので、そうめんをばらりと鍋に広げていく。

ゆで時間は一分半から二分。素早く流水でしめ、薩摩切子の大皿に重ねた竹ざるの上に一口分ずつまとめて並べていく。

やはりそうめんは硝子の器が似合う。

器の青、そうめんの白、酢橘の緑。

「ものは器で喰わせる」とはよく言ったものだ。美しいコントラストに惚れ惚れする。


「で、じゃ。将門はちと安請け合いをしすぎじゃな」

居間では、玉藻が睦月に今日の出来事を説明していた。

「玉藻さん、睦月、支度ができましたよ。今日は酢橘そうめんにしてみました。お揚げがないのは勘弁してください」

俺はちゃぶ台の上にそうめんと器、薬味を入れた皿を並べていく。

玉藻は目を輝かせながら、「お揚げは好きじゃが充分食べたので、もうよい」と嫌そうに言った。睦月はその横で無表情を装っているが、尾が上下に勢いよく振られているから、たぶん興味津々だ。

「「いただきます」」

俺たちはそうめんに箸をつけた。

「うむ。酢橘の香りが、そうめんにこれほど合うとは思わなかった。でかしたぞ、将門！　褒めてつかわす」

「この季節にピッタリの爽やかな味ですね。食べ物に関してはさすがと認めざるを得ないのです」

睦月は神使になるまでは、お供え物の油揚げと稲荷寿司以外は食したことがなかったらしい。見た目が幼いのにさすが神使だけあって言うことは大人びているので、そのギャップが面白い。辛口だけど。

……俺って食べ物を提供すること以外、彼女たちに褒められたことってないんじゃないか？

考えてみると俺の日常業務は、食事の支度だけだ。

家の掃除、洗濯、風呂の用意に社の管理、神代との折衝。このあたりは全部、睦月がやっている。

今日、人形町の神社回りはしたが、主たる目的は食べ歩きで、一応挨拶しておかねばならぬ、という便宜的なものだったしな、あれは。

………………あれ？　俺、本当に玉藻の食事係しかしてなくね？

「玉藻さん、俺って、神使として玉藻さんの役に立っていますか？」

ふと思った疑念を、思わず声に出してしまった。

「何を言うておるのじゃ。我の願いを受けて、人の代の案内をする、それこそがおぬしの大事な仕事じゃぞ、我は感謝しておる。本日だとて、おぬしの正式なる神使の就任の挨拶。正式な仕事じゃ。それに本山の許可が取れしだい、睦月が行っている仕事もある程度、分担してもらうつもりじゃしのう」

いや、神代の決まりをよくわかっていない俺が、睦月がやっていることをできるとは思えないけど、そのあたりはいいのか？　まあ、玉藻のことだから何か考えているのだろう。

「仕事に関しては我に考えがある。近いうちに言いつけるから待っておるがよい」

そう言われても、ちょっと引っかかるな……。

夕食を終え、後片付けをしながら二週間前の出来事を思い出す。

——和菓子の美味しさにつられ姿を現した玉藻は、俺を使って美味しいものを食べまくろうと考えていた。

しかしながら、その計画には大きな穴があった。

玉藻は社周辺でしか、実体化できなかったのだ。ウキウキで食べ歩きの計画を立て、実家から出たところで消えてしまう玉藻。何度繰り返してもそれは変わらず、だんだんと玉藻はしょぼくれていった。

哀愁ただようその姿を見かねて俺は、食べたいものを送ろうと提案。今、考えればそれがよくなかった……。玉藻は俺が東京に住んでいることを知ってしまったのだ。

「将門、そちは東京のどこに住んでいるのじゃ。美味しいものは東京にあるのじゃろう。おぬしが住まう屋敷の中に社か祠を建てて、我が名を記した扁額を掲げればそこは我の分社となる。さすれば、我は自由に行き来できるようになろう。ここで将門からの便を待つより、そのほうがいくぶんかマシじゃ」

「いや、玉藻様。屋敷なんてたいそうなものではなく、一間の狭いアパートで独り暮らしをしています。社を建てられるスペースなどありません」

俺はこの春借りたばかりの茗荷谷の部屋を思い浮かべる。神棚ならともかく社とか祠とか絶対無理だ。

「なんともならんのか……」

「なりませんね」

肩を落とす玉藻を見て、救いの手を差し伸べたのは、祖父と父だった。

彼らは玉藻のために、東京に庭付きの家を購入すると言い出したのだ。玉藻の願いを叶えること。それが玉藻を守りつづけてきた八代家の役目であるからと。

それを聞いた玉藻は、もちろん大喜びだ。

「おお、もし事が叶うのなら、この家の守り神としてさらなる商売繁盛、家内安全を約束するぞ。なに、我が本気を出せば八代家は、この地の国司にでもなれるくらいの財を成せようぞ」

「いや、もう国司って存在していません……」

俺のツッコミは、全員から無視された。

その後、俺の意思とは関係なく、どんどんどんどん話が進んでいき、家を購入することは決定……というか、祖父が知り合いの不動産会社に問い合わせの電話をかけたら、ちょうどいい物件があり、電話一発で新居は決まってしまったのだ。

人気エリアの谷中で、庭付きの広い一軒家などそうそう見つかるものではない。

俺は気が付いていた。祖父が電話をしている間中、玉藻の右掌の上で虹色に輝く小さな珠が回転していることに。

どこから出てきたんだ、その珠。とか、どんな力で光ったり回ったりしてんの？とかいろいろ聞きたかったが、あえてスルーした。

別のことが気にかかっていたからだ。

社を建てても家の敷地から出られないのでは、食べ歩きはできない。和菓子が食べたくて実体化した玉藻だ。東京以外に美味しいものがたくさんあると知った時、おとなしく家で待っているなんてできるのだろうか？

……………たぶん、無理だ。そしてそのツケは俺が払うことになりそうな気がする。今のうち、玉藻に、そして家族に言質をとっておかねば！

「玉藻さん、東京の社を得ても外出はできません。あちこちに社を建てることも、現実的には無理です。分社は東京の一つのみ。それを約束してください」

「…………」

玉藻は俺を横目で見たが、返事をしない。こいつ、確信犯だな。

「お願いします」

平伏し、玉藻の答えを待つ。ここは引くわけにはいかない。

長い沈黙の後、玉藻の口から出たのは思いもよらない、というか、より面倒なアイデアだった。

「幸いにしてこやつの魂は……そうじゃ。将門を我の神使にすればよいのじゃ！　さすれば、将門と共にであれば、我も実体化できるはずじゃ」

最悪だった。

孫が！　息子が！　玉藻様の神使に選ばれた!!　これも八代家が代々積み重ねてきた功徳の結果だ!!　と狂喜乱舞する家族の中、俺は最悪のカードを引きあてたことを確信した。

玉藻は食べ歩きしたいがために、俺を神使にするのだ。

「これが我の力よ」

玉藻が満面の笑みを浮かべていた。

神に抗えるわけもなく、この瞬間、俺の一生は神の使いっ走りに決定した。


翌日。神使となった俺は玉藻と、金庫番の親父と共に上京した。

目的は新居の確認と俺のアパートの退去処理だ。

たった一か月しか住まなかった俺の城に別れを告げ、降り立ったのは日暮里駅。谷中霊園を抜けたところにあったのは、生涯ローンの対象——立派な一軒家だった。

屋敷内を見て回り、最後に庭の隅に案内された。そこには、小さな祠があるということだった。

「なかなか立派でしょう」

案内してくれた不動産会社の社員が、説明を始める。

「この家の前の持ち主の事業は一時かなり繁盛していたようで、その時に造ったようですね。このあたりは寺町ということもあって神社が少ないせいか、このように立派な屋敷守の祠を造るお宅も多かったと聞いています」

石を組み合わせてできた一・五メートル四方の土台の上に、屋根を銅板で葺《ふ》いた白木造りの祠。観音開きの扉の前には、湯のみ茶碗と陶製の狐の置物があった。しかし元は両方とも白かったのだろうが、苔むした上に薄汚れているのが悲しい。

父と不動産会社社員が母屋へ去っていく。建物内に消えたのを確かめてから、俺は井戸水で茶碗と置物を洗い、ざっとあたりを整えた。

抱えていた風呂敷をほどく。中から玉藻の名を記した扁額を取り出し、祠に掲げた。

「うむ。どうしてどうして、なかなかに立派な祠じゃ」

いきなり、背後から玉藻の声がした。

「玉藻さん、驚かせないでくださいよ。ってその服装なんですか」

振り返った俺だが、玉藻のいでたちに息をのんだ。いつもの白い狩衣に緋袴姿ではなく、豪奢な着物を身に着けていた。

「それ、もしかして十二単というやつですか」

「ここしばらく着てはおらなんだが、こちらが我の正装のようなものじゃ。初めて分社に来るのじゃ、このくらいはしないと。……それより、まず話をつけんとな」

玉藻が俺の脇をすり抜け、祠の前に進み出る。

祠に目を戻すと黒髪に狐の耳、巫女姿の少女がうずくまっていた。えっ、さっきまでは誰もいなかったよな？　しかし、これはひどいな……。

少女の巫女服は薄汚れ、ところどころ苔が生えたかのような緑色。伸びっぱなしでバサバサな黒髪。巫女服の袴からこれまた薄汚れた尾が一本、覗いている。

「我は白面金毛九尾の玉藻じゃ。そちは、この屋敷の祠の管理をしておった地狐じゃな」

玉藻の言葉を受け、少女は体を震わせながらも平伏の形をとった。

「そちには二つの選択がある。一つはこのような小さな家も守れなかった屋敷守として、伏見の本山に戻ることじゃ。この場合、修行のやり直しが待っていよう。辛く、厳しいものがな。もう一つは、我の眷属となり我に尽くすことじゃ」

「玉藻さん、それ選択じゃなくてほとんど脅迫でしょう」

俺は思わず、ツッコミを入れた。この家は没落したっぽいが、すべてがこの少女のせいだけじゃないはずだ。

玉藻も言いすぎたと思ったのか、今度は甘い言葉に切り替えてきた。

「今、我の眷属になると、もれなくこの世の美味を味わうことができるぞ」

いや、食べ物につられる残念な神様はあなただけですから。それにその美味を提供するの間違いなく俺ですから。

それにテレビショッピングのおまけじゃないんだから、そんなのでつられる……。

「眷属になります！　ぜひ務めさせてください！」

少女はぐっと拳を握り締め立ち上がると高らかに宣言した。しかも尻尾を上下にパシパシ勢いよく振っている。

えーっ！　お狐さまって、みんなこんな残念なのか……？

「では、その儀を執り行う。将門は、ちと下がっておれ」

その言葉を受けて、いろいろ思うところはあったが、俺は玉藻の後方に控えた。

玉藻は右手を少女の頭に置きながら、口上を述べはじめる。

「我、玉藻前は八百万《やおよろず》の神の理《ことわり》に従い、そなたに新たな真名《まな》『睦月』を与え、これを名乗ることを許す。そして我の命のあらん限り、我の眷属として庇護を与えんことをここに誓う」

「わたくし、睦月はこの命ある限り、玉藻前様の眷属として尽くすことを八百万の神々と倉稲魂命にかけて誓います」

睦月が答えると同時に、光の粒が二人を包み込んだ。光の中、睦月の髪は鋭くも優しい風に肩口で切り揃えられ、薄汚れていた服もきれいに整っていく。尻尾もふわふわもふもふになった。

「どうじゃ、すごいじゃろ」

玉藻が、得意げな表情で胸を張る。

「玉藻様、こちらのお方は。その、見たところ……」

見違えるように可愛くなった睦月が、俺を不審げに見て、玉藻に問う。

「このものは、八代将門。我の第一の神使じゃ。こやつは人間じゃが、このものの言うことは我のためと思って従うがよい」

いや、どちらかというと睦月が第一の神使になるほうがいいような気がするが。

「玉藻さん、神代のことについて詳しくない俺より……」

「どうか睦月とお呼びください。八代様」

「いや、睦月さ……睦月のほうが、第一神使にふさわしい気がします。神代の付き合いとか俺よりわかっているでしょうし、お社の管理も慣れていると……」

睦月は一瞬微笑むが、途中から泣き出しそうな顔になる。

やばい、地雷踏んだな俺。この家が売りに出された理由は、元の住人が維持できなくなったからだった。それは睦月の力不足を意味しているらしいことと、先ほどの玉藻の言葉でわかっていたはずなのに――。


あれは失敗だったな、と後悔しながら後片付けを終える。

カリカリ、カリカリ。台所の勝手戸を爪でひっかく音がしてきた。

今晩も来たな、俺のわずかばかりの癒しの時間が。

俺は勝手戸を開ける。すると一匹の雉虎《きじとら》のちいさな猫が入ってくる。

「今日も元気だな、雪虎《ゆきとら》。鮭《さけ》と鯖《さば》、それに鱈《たら》があるぞ。どれにする？」

俺が魚の名を繰り返すと、猫は二番目の鯖でニャーと鳴いた。

玉藻の前で猫をかぶっているが、知り合ってまもない女性二人との暮らし、そして神使としての生活は、地味にストレスがたまる。

唯一の癒しが、この夕食後の一時だ。

猫の名前は俺が勝手に名付けた、雪虎。ちょっと白みがかっているが立派な雉虎だ。景虎と雪虎との二択で悩んだが、白い色が強いので雪虎に決めた。

どこかで飼われているっぽいが、なぜか夕飯時にだけ、俺の家を訪ねてくる。まあ、朝は俺も忙しくて相手できないので助かっているが。

最初は鰹節などを出していたのだが、それではあまりに物足りなさそうなので、キャットフードを買ってみたが見向きもしなかった。

いろいろ試してみた結果、ことのほかグルメな猫とわかり、現在に至る。

玉藻や睦月と違って会話はできないため、俺の思い込みかもしれないが。

とりあえずお好みは魚っぽいので、最近は買い物に行くたび雪虎用の魚を買ってくることにしている。振り回されがちな玉藻と、よそよそしい睦月相手で疲れた時の癒しタイムを維持するためならなんてことはない……。

そんなことを考えていると、雪虎がニャーと声をあげる。

おお、魚が焦げるところだった。鯖をグリルからおろし、皮を剥いでから菜箸で細かくほぐしていく。

本当は七輪で焼きたいところなのだが、雪虎は来ない日もあるので、毎度炭をおこすわけにもいかぬ。俺たちの夕食が魚ではない時は、申し訳ないがガスグリルだ。妥協はしたくないのだがな。

小皿に盛った鯖のほぐし身を、雪虎の前に置く。

きちんと前足を揃えて待っていた雪虎は、お礼のように一声鳴くと、はぐはぐと食べはじめた。

額に鯖がついてしまったので、とってあげようと手を伸ばすとギロリと睨まれてしまう。つまみ上げた切れっ端を見せると、ぺろりと舐め取る。お愛想なのか、俺の指に雑に頭を擦りつけるが、まるで今回は許してあげるぞと言わんばかりの態度だ。

……考えてみると俺の周りってどうしてこう食べ物にうるさいの神様やら妖やら、動物とか集まるんだろう。俺が食いしん坊なのが悪いのか？

俺は鯖を食べおわった雪虎の喉を撫でながら、至福のひと時を過ごした。

神使をしているからといって、学業をおろそかにするわけにはいかない。なにせ学資ローンも真っ青の借金持ちなのだ。これで留年やら中退などという羽目になったら、神様のヒモまっしぐらだ……それだけは避けたい。絶対に嫌だ。

茶の間でレポートをうなりながら書いていると、玉藻が部屋に入ってきた。

今日の服装は白のホットパンツに青と白のグラデーションシャツとやたら煽情的な格好だ。いや、母と祖母、なんというコーディネートしちゃってるのよ。

「将門、挨拶回りの修練じゃ、さっさと衣に着替えて、ちと庭に出ませい」

いや、俺、日がな一日中玉藻に付き合っていられるわけじゃないから。少しは学業に精を出させてよ。

「おぬしが悩んでたぜみとかじゃが、希望どおりになるよう、我が手をまわしておいたのにか？」

玉藻が聞き捨てならぬ爆弾発言をかます。

「いや、玉藻さん。確かに希望どおりのゼミになったけど……」

「それにのう、おぬしが学府にて学問を学んでおるのは承知しておるが、我のために時間を捻出しようと苦労しておるのも知っておったわ。我は商売繁盛や、まあ大っぴらには言えぬが、どちらかというと呪うほうが得意でな。さすがにおぬしの願いをかなえるには無理があったので湯島に赴き、ちと願って、おぬしの都合のいいように差配してもらったのじゃ。あとで感謝してくのじゃぞ」

さすがに俺はあきれ果てた。

「玉藻……玉藻さんそれって、まさか菅原道真公《すがわらのみちざねこう》……」

「うむ、道真とはよく和歌について語り合った中でな、なに、あやつが文章生《もんじょうのしょう》の試験の時に不正を働いた勺《しゃく》をたまたま手に入れてのう。それで背中を掻いていたら、快く我の願いを聞いてくれたわ」

……日本三大怨霊《おんりょう》の一人を脅迫するってどんな神経をしているんだよわが主よ。

それにこれって完全に不正にあたるんじゃないだろうか。これ、抽選にはずれた学生とかに申し訳ないぞ。

表情に出ていたのか玉藻がフォローの言葉をかけてくれる。

「そのように気に病むでない。おぬしが学業をおろそかにしていないのを道真公は知っておる。それをもって神への信心の重さをはかりにかけて差配したまでのことじゃ。困った時だけ神頼みをするのとは違うぞ」

まあ、確かに、玉藻と出会ってから事あるごとに神のことを意識するようになったのは確かなことだが。

「それにな、我も知っておる。そなたは困ったものを見捨ててはおけぬたちじゃろう。天神もそこは知っておって差配してくれたのじゃ」

玉藻の言葉に俺は恥ずかしさのあまり顔が真っ赤になる。

「ちょっと着替えてきます」

してやったりといった顔の玉藻を見ないふりをして、俺は席を立った。


部屋で衣と浅葱色の袴に着替えた俺は、玉藻が待つ庭に向かう。

玉藻は狩衣姿で待っていた。

「挨拶回りの修練といっても、礼儀作法はもう大丈夫だと思うんですけど、やっぱまだ不調法なところがありますか？」

「礼儀作法は問題ない。よくやっている、と褒めるべきじゃろう」

「なら、なんで修練を……するんですか」

危ない危ない。また口調が戻りかけている。

玉藻がきりっとした表情になり、居住まいを正す。

「よいか、おぬしが我とともに出歩いている時はよい。いかなる地に赴いても、我の力をもって、神代へと転移し、その社に祀られている神や神使に挨拶ができるからのう」

うっ、嫌な予感がする。

「しかし今後、我抜きで人の代を歩くことも多いじゃろう。その際に、お社のそばを通りながらも挨拶を欠かすとなると、我の沽券にかかわるのじゃ。人の代もそうじゃと思うが、神代はこのような儀礼が大事でな。おぬしにはそのような場合の挨拶について修練してもらいたいのじゃ」

俺は、玉藻の言葉に引っかかりを覚えた。

「将門が不審に思うのもわかる。通常の神同士の付き合いは、社が司る土地に新たに社が建った時や、その地に住まうものに加護を求められた時ぐらいしか挨拶は行わぬものじゃ。なにせ我ら神や神使は、人の代の様子を垣間見ることはできても、出歩くことすら難しい。ところがおぬしは、自由に歩き回れる。そのようなものが、我がいないからといって社を素通りしてみろ、素通りされた社は我に軽んじられたと考え、この玉藻前の鼎《かなえ》の軽重が問われることになるのじゃ」

なに、その神様勝手理論。それ、俺の能力の範囲を超えてるよね。

「いや、玉藻さんがいない時は、社に参拝するだけではダメなんですか」

「おぬし、足の裏がかゆい時に、草鞋の裏から足を掻くか？」

玉藻が真顔で俺に迫る。

また、なんか微妙な例え方をするな……何か故事にまつわるものなのか、それ？

「我とて、おぬしが一人で神代の社を訪れることなどできないことは承知しておる。しかしな、我がすでに人間を神使にしたというのは、本山をはじめ、ちと神代全域に知られておってな。その上、先日の人形町の騒ぎで出世稲荷の六郎太が吹聴しまくったからのう。あちこちの社の神使どもが騒ぎ始めておる。まあ、我としては、その……あまり、あ……なんというか」

俺は主神の言いたいことを汲んで言葉を続ける。

「今後、神社の近くを通りかかった時は玉藻さんの神使として、必ず挨拶をするようにということですね」

「うむ、なにせ人が神使となるなど神代始まって以来なため、作法やしきたりなど決まっておらぬのじゃ。将門には迷惑をかけるが、これも務めと思って我慢してくれ」

「でも、修練とは何を行うんですか？」

「我なしでも神代に行けるようにする修練じゃ」

「それって修練でなんとかなるようなものなんですか」

「ならぬな！」

即答かよ。

「おぬしにしてもらうのは、神社の域に入ると神代に飛ばされるという呪をかけるのでそれに慣れてもらう修練じゃ」

えっ？　俺はたっぷり三十秒は玉藻を見つめた。

「呪？」

「そうじゃ、呪じゃ。安心せい、我も元は妖狐じゃ。呪いは得意で……」

玉藻の言葉を最後まで聞くことなく俺は、脱兎のごとく逃走を図った。

「逃げることもあるまいのにのぅ──『縛《ばく》』！」

その瞬間、俺の身体は空中に固定された。なんだ、これ？　どうなってるんだ。

「呪といっても、玉藻様の加護のようなものです。何も恐れることはありません」

どこからか現れた睦月が、よけい怖くなるようなことを言う。

加護とかいらんです！

「よいか、呪といっても一概に悪いものではないのだ。おぬしにかけようとする呪も、意思を持って社に足を踏み入れた時のみ、神代へと渡る呪なのだ。人の代の社のそばを通りかかってもおぬしの意思がなければ、神代へは行けぬ。それほど苦になることではあるまい」

いやいやいや、それって、うっかり初詣も行けないよね。

「呪が成ったあと、まずは数社にご挨拶に参りましょう。その際は、私も同行するよう玉藻様より言いつかっております」

睦月が、決定事項のようにきっぱりと告げる。

あいかわらずピクリとも動けない俺は、抗議すらできない状況だ。

「各お社へのお供え物は、『根津のたいやき』を用意するようにとのことです」

いや睦月。説明はさ、後でもいいじゃん。まずは呪を解いてから、じっくり話そうぜ。それに玉藻、何したり顔でうなずいているの。手土産を『根津のたいやき』に決めたの、お前だろ。お前が食べたいだけだろう。

「ちなみに私は、先日食した芋きんなるものを所望いたします」

それ、今回の訪問に全く関係ないよね。なに、どさくさに紛れて要求上乗せしているの。

「沈黙は肯定と受け取ります」

今、俺、瞬き一つできない状態なんですけど。

「さて、久々に気合を入れて呪《まじな》ってみようぞ」

ゆっくりと近づいてくる玉藻。どことなしか嬉しそうな彼女の顔を見て、俺は神代の理不尽さをわが身でもって知った——。

二日後、俺は朝から『根津のたいやき』に並んでいた。

我が家から『根津のたいやき』へ向かうには谷中の寺の間を抜けて、藍染大通りを通るのだが、途中に手書きポップが目を引く『芋甚』という甘味処がある。

この店のお勧めは、アベックアイスとアベックあんみつだ。アベックといっても恋人同士で食べるように二人分になっているわけではない。アイスはバニラと小倉が、あんみつにはバニラが載せてあり、ダブルで美味しいという意味での命名だと思われるが、寄り道していく余裕がない。

本日の目的は挨拶回り。そして手土産の『根津のたいやき』購入だ。

人形町の名店『柳屋』の流れを汲む、東京五大たい焼き店の一つとして名をあげられることも多い店だ。中の餡が透けて見えるほど薄いクリスプな皮で、控えめながらしっかりとした甘さと旨味を感じさせる餡を包み込んだ一品。

お持ち帰りで食べてもいいのだが、やはり店頭でかぶりつくのが一番だ。焼きたては皮がカリッとしており、内側の餡に接した部分のもっちりした食感との対比が素晴らしいから。

もちろんいつ行っても行列で、しかも一人で二十や三十個も買う客がいるので、下手をすると一時間近く待つこともある。そのうえ餡がなくなり次第閉店のため、お昼ちょっとすぎには閉まっている場合がほとんどだ。

俺も今日は各神社へのお供え物として購入するのである程度まとまった数になるだろうと、開店三十分前には並んでいた。

玉藻に呪をかけられた俺が、挨拶に向かう神社は根津神社《ねづじんじゃ》、五條天神社《ごじょうてんじんじゃ》と相成った。根津神社には摂社として乙女稲荷《おとめいなり》と駒込稲荷《こまごめいなり》。五條天神社には花園稲荷《はなぞのいなり》があり、そちらにも丁重に挨拶をするよう玉藻に命じられた。

なんやかんやで一社につき三個、玉藻と睦月の分も入れて二十一個、プラス俺の食べ歩き用に一個のたい焼きを購入した。後ろで待っていた人、時間をかけてすまぬ。

無事にミッションを終え、大量のたい焼きを抱えて次の目的地である根津神社へと向かう。

神社の挨拶回りがなければ、昼食に『根の津』か『釜竹』のうどん、もしくは『鮨かじわら』のランチとしゃれ込みたいところだったが仕方ない。

『根津のたいやき』からすぐ、根津神社前の信号を曲がり、うどんの『根の津』を通り過ぎると根津神社の立派な鳥居が見えてきた。

玉藻によれば、呪が発動するきっかけは鳥居。つまり、この鳥居をくぐれば問答無用で神代に飛ばされるというわけだ。しかも、なぜか自動的に神使の服装になるという手の込んだ呪だ。

俺は鳥居の前で立ち止まる。人の代のたい焼きを神代に持ち込めるのは真淵の時、どら焼きで確認済みだ。

たい焼きに意識を集中させつつ、鳥居をくぐらんとその一歩を踏み出す。

途端、青空が暗転し、すぐに茜色の空に変わる。俺の服装は神使のその服装にとって代わり、今まで見えていたビルや電柱も消え失せている。

「無事に神代へお渡りになられたようで何よりです。すでに、根津神社の神使がお待ちです」

鳥居の先には、睦月が待っていた。

そして一面に広がるツツジの花。

すべての種類のツツジが一斉に最盛期を迎えたかのように、神代の茜色の空に負けぬ紅、桃、白、さまざまな色合いの鮮やかなツツジが咲き誇っていた。

まさに狂い咲き。

俺はその風景に見惚れた。決して人の代では見ることのできない光景だ。神代は季節関係なしのいいとこどりなのか？　湯島天神を訪れたのなら満開の梅が、そして上野東照宮なら牡丹とかか？　やばい、すごく見たい！

「八代様、八代様」

睦月の声に我に返る。

「ああ、すまない。見事なツツジに見とれていた」

俺は睦月にあやまり、歩きはじめた。

左手に乙女稲荷神社の名物、千本鳥居が見えてくる。伏見稲荷ほどの規模ではないが、朱塗りの鳥居が圧倒的存在感を放つ。

池にかけられた朱の神橋を渡り、楼門を潜ると本殿の前に三つの人影が見えてきた。白い衣に浅葱色の袴を穿いた二人と、紫の袴の男性が一人。

三人の神使の前で俺たちが立ち止まると、紫袴の男性が、儀礼どおり先方から挨拶をしてくる。

「玉藻前様の神使とお見受けいたします。私は根津神社の神使、三枝《さんし》。こちらは七《なな》竈《かまど》と申します」

落語家と同じ名前の紫袴は、キリリとしたいい男だった。でも、手の代わりに羽がはえているけれど、それが正式なスタイルでOK？　お勤めとか大変じゃない？

「よしなに」

七竈と紹介された神使が頭を下げる……すごい美形だ。三枝とは異なる女性っぽいきれいさだ。七竈って女性名だったっけ？　たしか白い花が咲く木の名前だったよな？　そこまで考えた時、俺の頭をズキンと小さな痛みが襲った。

「そして乙女稲荷の神使　疾風《はやて》」

こちらの神使も顔立ちが整っており、白くて長い髪が神秘的だ。

しかし狐ってどうしてこう美形ばかりなのだろう……と感心していると、疾風は身体をくねらせながらまくし立ててきた。

「あ〜ん、あなたが噂の玉藻前様の初めての神使にして、初めての人間の神使っていう、え〜っ……」

こいつ、なんかやばい。早く挨拶をすませてしまおう。

「お初に……」

俺が名乗りはじめたにもかかわらず、疾風は言葉をかぶせてくる。

「まあ、ちょっと装束に着られている感じだけど、人間にしては顔のつくりも悪くないわね」

ほっとけ、冴えないことぐらい自覚している。しかし、この疾風という神使、第一印象と違いすぎるんですけど。

「ねえねえ、玉藻前様とはどのようにして出会ったの？　やはり丑の刻参りとか？　人の身でありながら神代にかかわるってどんな気持ち？　あああん、玉藻前様が来られないなんて残念、あの傾国の妖の数々の恋の遍歴、聞きたかったわ〜」

矢継ぎ早に質問と言葉を投げかけてくるが、特に反応しない俺に飽きたのか、

「そして、こちらはあの睦月ちゃんね」

と、舌なめずりしながら瞳を細め、睦月を見つめはじめた。

睦月がたじろいで、一歩下がる。うむ、ここは先輩らしくいいところを見せねば。

俺は、一歩だけ歩みを進める。

「いやねえ、取って食べやしないわよ。私はきれいなものや可愛いものを愛でるのが好きなだけよ。睦月ちゃん可愛いわね～。近くにこんなかわいい地狐がいただなんて、私も気付かなかったわ。これからは近所の屋敷守の地狐もチェックしなければならないわね～」

日本の神様に仕えているのに英語を使うのかよ。神代ってまだまだ知らぬことばかりだな。

「これ、疾風。そう矢継ぎ早に話しかけるものではない。神使殿の挨拶もまだであろうが」

七竈が助け舟を出してくれた。

「む～」

疾風がふくれっ面をするが、可愛くないから。

俺は遮られた挨拶を再開する。

「お初にお目にかかります。玉藻前様の第一が神使、八代将門と申します。こちらは第二の神使、睦月」

俺は睦月を紹介する。

「玉藻前様の第二の神使、睦月と申します。ご存じのとおり隣の谷中の地にて屋敷守を務めておりましたが、先日より玉藻前様の神使として務めることとなりました。三枝様、七竈様、疾風様におかれましては、昔よりこの根津の社、駒込稲荷と乙女稲荷にこの神使ありとの評判を聞いております。どうか先達として今後ともご指導のほどよろしくお願いいたします」

挨拶の口上とともに深くお辞儀をする。

いや、見事だ。俺よりよほど立派じゃないか。

俺は口上の続きを述べる。

「このたびは隣の谷中の地に、わが主神たる玉藻前様の別社を建て、越してきた旨のご報告とご挨拶にまかりこしました。人の身にして神代については不勉強なため、何かとご迷惑をおかけするかと思いますが、どうかご鞭撻《べんたつ》のほどお願い申し上げます」

睦月にならって、俺も若干、下手気味の挨拶をする。

「ご丁寧な挨拶痛み入ります。隣町とはいえ、近場に玉藻前様の分社を迎え、誼《よしみ》を通じることができ、わが主もことのほか喜んでおられます。こちらこそ末永きよき付き合いをお願いしたい」

三枝からの丁寧な返礼。

「どうぞこちらをお納めください。玉藻前様から、本日伺えず申し訳ないとの言葉も預かっております」

俺は神使一人ずつにたい焼き入りの紙袋を渡していく。七竈と疾風は普通に受け取るが、手が羽の三枝はどうやって受け取るのだろうかと思っていたら、袋が羽にピッタリと張りついた。完全に重力とか引力とか無視してるな、神代。

「「「おおおおお」」」

三人が三人とも紙袋の中を覗き込むと歓声を上げる。

「「「根津のたいやき！」」」

疾風の甲高い声が、これが素らしい野太い声に変わっていた。

「よくお分かりで」

俺の言葉に、七竈が答える。

「わからないでか。根津、乙女、花園の社に訪れる者がよく口にして、その味について絶賛しているのじゃ。じゃが、我らに供されることはなくてのう。おぬしなぜに人の代のものをこの神代に持ち込めるのじゃ。じゃがなんという嬉しい心遣い、心から感謝する」

「あれ、でも今まで神社にたい焼きとかお供えする人いなかったのか？　いや、すまん、いなかったのでしょうか」

俺は心に浮かんだ疑問をそのまま、ポロリと口に出してしまった。

「最近は、鳥や猫どもが荒らすなどといって食べもののお供えもめっきり減ったどころかほとんどなくなってな」

なるほど。最近は衛生面うるさいからな。彼岸や盆の墓参りの時もお供えは禁止の霊園あるしな。

「うむ。このように直接、神代に持ち込めるとなれば話は別だが……」

七竈がそう答えると、疾風と三枝とともに顔を突き合わせてひそひそ話を始める。

「これで、定期的にたい焼きを……」

「いや、たい焼きばかりでなく、門前の焼きかりんとうも」

「人間の可愛い子も持ち込んでもらえるかしら……」

若干不穏当な言葉も聞こえる。さすがに犯罪の片棒を担ぐわけにはいかないが、定期的なお供えぐらいご近所のよしみでいいような気がするな。

まあ、いずれにしろそこらへんは主神である玉藻に話を通さないとまずいだろう。

「……ここはぜひ、囲い込んで」

「絡め手で睦月殿からというのは……」

「いっそのこと移籍してもらうとか……」

いや、もう内緒話じゃなくなってるから。丸聞こえですよ、お三方。

「「「それだ！！」」」

どうやら話はついたらしい。

疾風が咳ばらいを一つして、話しかけてきた。

「ねえ、ものは相談なんだけど、やはりあなた人間だけあって神代に疎いのが丸わかりなのよ。もちろん玉藻前様のお許しを得てからだけど、私から神代の常識を学ぶっていうのはどうかしら？　見返りは、人の代から持ち込むお供えものということで」

俺は正直、対応に困った。勝手に約束していいものだろうか……。横に立つ睦月に助けを求めることにした。

「八代様、ここは受けてもよろしいかと。私も神使とはいえ成り立てにすぎません。屋敷守の仕事は覚えていても神使の仕事となるとお三方には到底及びませぬ。それにここ根津の地は谷中の分社に近《ちこ》うございます。玉藻様に相談することもなく、近くのお社の神使同士の付き合いとしてみれば問題ないかと」

睦月がよどみなく答えてくれる。

なら大丈夫だろう。

「あい、わかった。どうか神代のことについてご教授願いたい。お供えものについては確約しよう」

俺は提案を了承して、頭を下げる。

疾風、七竈、三枝が満面の笑みを浮かべた。

俺と睦月は三人の神使に、それぞれの神社を案内してもらう。最後は乙女稲荷神社だった。

駒込稲荷から乙女稲荷に入ると池の脇に建てられた社殿が見えてくる。池に朱塗りの社が映り込み、見事な眺めだ。

「ここ乙女稲荷は、恋愛を司る神社として信仰を集めているのよ」

稲荷神社で、恋愛って珍しくないか？

「まあ確かに五穀豊穣を願う稲荷神社としてはね。でも恋愛の感情って正の感情だけでなく、成就できない負の感情でも信仰心になるのよ、呪いや嫉妬、恨みとかね。うちのお社は丑の刻参りとか受けていないけど、どっちに転んでも強い信仰心がゲットできるので、美味しいジャンルなのよ」

どこで英語習ったんだろう。俺は切に疑問に思った。

「疾風は、人の縁というのを見ることができてな」

「まあ、見えるといっても感じ取れる程度よ。それをもとに相性とか恋愛成就とかを司っているだけ」

疾風がまんざらでもない顔をする。

「千本鳥居があるでしょう。そこを念じながら通ると、私にそのものの縁がわかるようになっているのよ。どう、あなた方の縁も見てあげましょうか。玉藻前様と出会い、その神使となる時点でよい縁を持っているんでしょうけど」

俺たちは勧めに従い、乙女稲荷神社の千本鳥居をくぐり始める。

「ここからだと境内から外へ向かうような形になるけど大丈夫なのか？　いや大丈夫なんですか」

俺の言い直しに睦月が眉を顰《ひそ》める。あれ、さっきまで俺、口調どうだったんだろう。失礼な物言いしてなかっただろうな。

「ふふふ、お遍路だと逆打ちとかあるけど、ここは大丈夫よ」

疾風が気にすることなく答える。うむ、俺の杞憂だったらしい。

人一人が通るのがやっとの幅の鳥居をくぐり始める。裏側からくぐると各々の鳥居に刻まれた建立者の氏名を見ることができる。恋愛成就、満願成就、商売繁盛、さまざまな理由だな。

睦月は俺の後ろを歩いている。本当に短い距離だ。鳥居を抜けるといつの間にか先回りしたのか、疾風たちが待っていた。

なにやら疾風が険しい顔をしている。なんか嫌な予感だ。振り返って睦月を見ると睦月も神妙な顔つきをしている。

「良縁、奇縁、悪縁、いろいろあるのだけれども……あなたがた、全く見えないのよ」

いや縁が見えないって、ちょ、俺一生彼女できなくて結婚も無理ってことじゃないのか。この若さでそんな宣告されるのキツすぎる。

俺の心の中の葛藤を知るはずもない疾風は、淡々と言葉を紡ぐ。

「睦月ちゃん、あなたは見えないといっても、縁自体がないわけではないの。おそらく仕えている玉藻前様の運や力が強いせいで、あなたの縁が隠れてしまっているの。これから先、あなたの縁は玉藻前様に大きく左右されることになるわ。良きにしろ、悪きにしろね」

疾風が俺に向き直る。

「問題は、あなた。縁が全く存在しないって、こんなの初めて。誰でもどこかしらにつながる縁というものがあるのよ。……なのに、あなたにはそれがない。人として生を受けている以上、これはありえないことなの。家族のつながりも縁だし、玉藻前様や睦月ちゃんとの関係も縁がなければ、今の状況にはならないはず。それなのに、縁がない。まるで縁など関係なく、敷かれた運命を……」

そこまで言った疾風が、何か思いついたかのように言葉を詰まらせた。

「疾風、そこまでにしておけ」

疾風を止めた七竈が、俺に気を使ったのか、続けて言う。

「八代殿、まあ疾風の力とて万全というわけではない。時には縁が見えないこともあろうし、それほど気にしなくともよい」

七竈のフォローに、疾風が迎合する。

「まあ、玉藻前様と出会ったこと自体は良縁に違いないわ。お社の案内はここでもうおしまい。お供え物の……いえ、お二人の来訪を心待ちにしてるわ」

俺は心の奥に引っかかるものを感じながらも、頷くしかなかった。


境内で疾風たちと別れると、人の代に戻る前に睦月と次の訪問先の確認をする。

「上野公園にある五條天神社と花園稲荷神社でよかったんだよな」

俺は頭の中で、上野公園への順路をシミュレートする。

根津神社を出て南、言問通りへ向かい、弥生美術館の脇、暗闇坂を抜けて横山大観記念館の信号から上野公園に入ればいいだろう。うむ、非常に文化の香りあふれる道順だ。

「ええ、五條天神社の参道の鳥居にてお待ちしております。くれぐれも花園稲荷神社へは先に行かないようお願いします」

五條天神が先、五條が先。間違えないよう、俺は自分に言い聞かせる。

「それでは、睦月。後ほど」
俺は根津神社の鳥居をくぐると人の代に帰還する。とたん、静かな茜色の神代には
なかったムッとした空気に包まれた。
服装も元に戻っているし、何よりすごいのは時間が五分ほどしかたっていないこと
だ。人形町でも体験したが、神代と人の代の時の流れの違いというのには素直に驚く。
なにせ、たい焼きがあまり冷めていないからな。
俺は、根津神社を出ると焼きかりんとうのお店の先の角を右へ。道のつき当たりを
さらに右に曲がるとマンションと立派な庭に挟まれた細い路地に歩みを進めた。
すると、右へと上る階段が見えてくる。
これこれ、一度訪れてみたかったんだこれ。
——根津のお化け階段。
上りながら数えると四十段なのに、下りは三十九段になるという不思議な階段だ。
一番下の段の高さが非常に低いため、下りる時に数え忘れてしまうのが、段数が異
なってしまう原因らしいと聞く。
まあ、世の中の不思議なんてそんなものだ。神代の奇々怪々を体験していると、こ
ういう人の代での勘違い物件はむしろ安心できる。
俺も、数え間違いを体験できるかな。

上りながら段数を数えていく。

おお、きっちり三十九段＋段差のような一段で、計四十段。情報どおりだ。それじゃ下りを試してみるか。

——八、九、十
あたりが茜色の空に包まれ始める。

あれ？　夕暮れにはまだ早いよね。

——十八、十九、二十
ちょ、何これ、足が勝手に……。

——二十五、二十六、二十七
遠くから、笑い声が聞こえてくる。

体の自由が利かない。自分の意思で、階段を下りる歩みを止めることができない。

いや、これなんなんだよ。

誰かが俺の体を操ってる感覚だ。

——三十六、三十七、三十八、三十九
いつの間にか、俺の服装が神使の格好になっている。

すべての段を下りたはずなのに、眼下にはあと一段、上る時に確認した低いものではなく、しっかりとした高さの一段が残っている。

――この一段は、下りてはいけない。

自分が履いている草履の、鼻緒に織り出された我が家の家紋まではっきり見ることができるのに、四十段目の先は闇に包まれていて何も見えなかった。

俺の心に警鐘が鳴り響く。だが、俺の意思に反して動く足を止められない。

抗う俺と進む足。最後の一歩が永遠のように感じられる。

「将門！」

「八代様！」

階段の上から、俺に呼びかける声――玉藻と睦月だ。しかし、俺の身体は振り向くことを許してくれない。

「将門、気をしっかり持つのじゃ」

闇から何かが俺に向かってきている、そんな感じがした瞬間、

「八代様！」

突然、襟首がむんずと掴まれ、その勢いのまま転がる。

声の主――睦月が、俺と入れ替わるように階段下に落ちていく。

睦月に向かって手を伸ばす。睦月も俺に向かって手を伸ばす。あと少し、あと少しで――。

「睦月！」

俺の目の前で睦月は、闇に消えていった。


――八代様が人の代に戻るのを、私は根津の境内から見送った。

後は八代様が五條天神社に到着したら神代を通じて、移動すればいいだけ。それまでしばらく時間があるだろう。

私は、先ほどの疾風様が言ったことについて考えをめぐらした。

もともと私は、玉藻様あっての存在だ。

玉藻様以外との縁など求める気など全くない。

第一神使で先輩の八代様は人間だし、それ以上に、個人的な理由でなるべく関わりを持ちたくなかった。美味なる物を提供してくれるし、悪い人ではないともわかっているのだけれど……。

それに、玉藻様への態度には目に余るものがある。本人は丁寧な言葉遣いをしているつもりだろうが、尊敬や謙譲が感じられない。玉藻様は気にするなと言っておられるが、いくらなんでも不敬に値するだろう。

なぜ、玉藻様があのような人間を神使にしたのかわからないが、私は玉藻様の神使として、人であろうと先輩の神使を手助けしていかねばならぬ。そのことは承知している——まあ、これからの苦労を思えば溜め息しか出ないのだが。

「睦月ちゃん、ちょっといい？」

考え事をしている私に、疾風様が話しかけてきた。後ろには七竈様も。

先ほどお別れしたばかりなのに、なんだろう？

「私たちの社の目の前で、呪を仕掛けてきた馬鹿がいるんだけど……」

乙女稲荷の疾風様、駒込稲荷の七竈様、そして根津神社の三枝様のそばで呪を使うなんて、どんな命知らずなのだろう。

「それで八代殿は、どちらに？」

七竈の言葉に、私は顔から血の気が引くのがわかった。

「たった今、人の代に。五條天神社の神使にご挨拶に行くために……」

疾風と七竈が顔を見合わせる。

「呪が発動しているのは、この先の階段。そこに八代殿の気が感じられるわ」

「睦月！」

呼び声に振り返ると、そこには玉藻様がいた。

「無事だったか？」

玉藻様が駆け寄り、私の身体をペタペタと触ってくる。

「怪しき呪が現れた。おぬしたちに仕掛けられたのかと思うて慌てて来たが、無事で何よりじゃ」

玉藻様が私の肩を安心したようにポンポンと叩いた。

「おおう、疾風に七竈、久しぶりじゃのう。して将門は？」

「先に、人の代に戻りました」

私の言葉に、玉藻様の美しい眉が歪んだ。

「狙いは将門か！」

玉藻様は私の手をつかむと、呪を唱える。

次の瞬間、私は長い階段の途中に立っていた。

「玉藻様、ここは？」

「根津のお化け階段じゃ、何者かが呪をかけ、将門に害をなさんと企みおった」

私が階段下を見ると、神使姿の八代様が最後の段に足を踏み入れようとしていた。

いや……八代様は何かに抵抗しているかのように右足を踏み出したまま固まっている。私は駆け出した。考えて動いたわけではない。自然と身体が動いていたのだ。

「八代様！」

私は八代様の衣の襟首をつかむと引き寄せる。

その瞬間、私の全身にバチリと痛みが走り、力が抜けていく。

手を差し伸べる八代様の姿が目に入る。私も届けとばかりに手を伸ばすが、わずかに届かない。

「「睦月!!」」

玉藻様と八代様が、私を呼ぶ声が聞こえる。

それを最後に、私の意識は暗転した――。

目の前で睦月が消えた。

どこに行った――決まっている、この漆黒の闇の中だ。

闇に飛び込もうとする俺を、玉藻が押しとどめる。

「将門、落ち着け。落ち着くのじゃ」

「これ、俺を狙ってのことだろう！　なんで睦月が巻き込まれなければならなかったんだ！　玉藻、誰がやったか、わかっているんだろう!!」

俺は玉藻の肩を掴むと、前後に揺さぶった。

俺のせいだ。俺のせいで、睦月はこんなことに巻き込まれた。

「おぬしが騒いでも、睦月は帰ってこん。大丈夫じゃ。我は白面金毛九尾の妖狐じゃぞ。この程度の呪がわからぬわけないだろう。ほれ、まずは深呼吸するのじゃ」

玉藻の声に焦りは感じられない。ゆっくりとなだめるような言葉に従って、俺は息を整えた。そう、騒ぎ立てても、意味はないのだ。

「すみません。玉藻さん……」

「おぬし、無理に敬語を使うことはないぞ。こんな時こそ、思うがままにふるまうがよい。我もそのほうが気が楽じゃ」

バレているだろうな、と思ってはいたが、敬語は俺なりの意地だった。急激に人生を変えられてしまったことへの、それでもしっかりやってやるぜ、という子供っぽい抵抗。こんな時なのに、俺は気恥ずかしい思いにとらわれる。

しかし、玉藻はそんな俺をスルーしてくれた。

「この呪だが、妖狐のものじゃな。ぷんぷんと匂うわ——聞いておるのじゃろう？」

玉藻があたりに向かって叫ぶ。

「ほほほほほ、さすがは玉藻前様。呪に関してはかないませぬな」

階段の上に、狐耳の神使が姿を現す。

「私、王子稲荷神社の神使、扶桑《ふそう》と申します。玉藻前様におかれましては我が王子稲荷神社を差し置き、笠間稲荷神社別社に挨拶に伺ったとのこと。いやいやいけませぬな。我が王子稲荷は、東国三十三稲荷総司にございます。まずは我が社に挨拶をするのが道理かと――」

玉藻の手の一振りと共にかまいたちのごとき風が起きる。扶桑と名乗った神使を斬り刻まんとしたその瞬間、その姿が掻き消えた。

「ご挨拶、お待ち申し上げております。それまで、玉藻前様が神使は丁重に預かりましょうぞ」

扶桑の声がだんだんと小さく消えていく。とたん空は茜色から青空に戻り、漆黒に閉ざされていた道が現れる。

人の代に戻ってきたせいか、俺の服装は神使からカーゴパンツ姿に戻るが、玉藻は巫女服に白の狩衣姿のままだ。

俺はこめかみを押さえながら、玉藻に尋ねる。

「あー、玉藻さん」

「猫をかぶるのはやめよと言ったであろう」

いや、これ腹立ててもいいよね。

「玉藻、これってどう見ても、王子稲荷神社と笠間稲荷神社の面子《メンツ》争いに巻き込まれたってことだよね」

「うむ、我もちと頭にきておる。まさかこのような荒業でこようとはな」

これってちょっとムカつくどころじゃないよね。

俺のかわりに睦月を巻き込みやがったし。

玉藻もいい笑顔をしている。うん、考えることは同じだな。

「ふふふふ」

「ははははっは」

王子稲荷の神使、待っていろよ。

俺たちの黒い笑いが、根津のお化け階段に響き渡った。

第三章

お狐さまとあやかし騒ぎ

Okitsunesama to Tabearuki

03

俺と玉藻は翌早朝、王子駅に降り立った。

王子駅。東京都北区にあり、JR京浜東北線、地下鉄南北線、都電荒川線の三路線が乗り入れている意外と使い勝手のいい駅だ。

すぐそばには八代将軍徳川吉宗《とくがわよしむね》により江戸時代に整備されたという桜で名高い飛鳥山公園があり、春ともなると花見の客でにぎわっている。かくいう自分も昔、花見に訪れたことがある。

「将門、知っておるか？　王子にはとても美味な卵焼きを供する店があるそうじゃ」

駅を出てすぐの石神井川の上に置かれた案内板の前で玉藻がはしゃぎながら言う。

今日の玉藻の服装はグリーンのガウチョパンツに白のノースリーブ、グレーのロングカーディガンで決めている。

何回か玉藻とともに外出しているが、一度として同じ服だったことがない。玉藻の服は母と祖母が見繕っていたはずだが、どれだけの服を用意したんだよ。

しかしこのはしゃぎっぷり。とても現在、神使を人質、いや狐質に取られている主神の言葉とは思えない。確かに普段の言動を考えると部下思いの神様なのだろうが、ちょっとばかり自分の欲望に忠実すぎるのが玉に瑕だな。というか、神様ってかなり自分勝手というのがわかってきた今日この頃だ。

「いや、さすがに今日は食べ歩きどころじゃないだろう」

神使である睦月を根津のお化け階段でさらわれて、王子稲荷神社への挨拶を強要されているはずなのだが、玉藻のこの緊張感のなさといったら。

「案ずるな、王子の神使とて心得ておるわ。あやつとて睦月をむたいに扱って、我の本気の不興を買う気はあるまい」

とはいってもな……俺は階段下に広がっていた闇の深さを思い出し、身震いする。

「神代でなら心の準備ができているんだが、お化け階段のように人の代で仕掛けられるとなると、うかつに出歩くこともできないぞ」

俺の言葉に、玉藻が慌てて反論した。

「いやいや、あれはそうあることではない。だから食べ歩きにはなんの問題もないぞ」

どうやら行動が制限されそうなことを感じ取ったのだろう。取り繕うように言う玉藻に、俺は疑いの眼差しを向ける。

「人の代には時たま神代とのつながりがあるというか、境目があいまいというかそういう場所があるのじゃ。特にこの江戸……今は東京と呼ぶのか、やたらとそういうところが多くてのう。先日の根津の階段もそういうところの一つじゃ」

いわゆるパワースポットっていうやつか。

「そのような場所では、神代の道理や妖の呪などの効果がちときいてしまってのう。将門と睦月がおうた目のようなことが起こるのじゃ。まあそのようなことに対応するのも神使の仕事の一つじゃ。それに慣れてくればそのような場所もなんとなくわかるようになってくるぞ」

いや。そんなの、わかりたくないから。

「して、ここからは真面目な話じゃ。以前、落語の『王子の狐』が本当の話だというのをしたじゃろう」

俺は祖父に鈴本演芸場に連れて行ってもらった時に見た『王子の狐』を思い出す。

——ある男が王子稲荷に参拝をした帰り、人を化かそうと狐が若い娘に変化するところを目撃する。

そこで男は逆にだましてやろうと狐に近づき、化かされたふりをすることにした。狐を料理屋の扇屋に連れ込んだ男は、さんざん飲み食いしたあげく、支払いを狐に任せて帰ってしまう。

残された狐はお金が払えるわけもなく、無銭飲食として店から叩き出され、住み処に逃げた。

狐をだましたと男は友人に自慢するが、復讐されるぞと脅されてビビる。悩んだ結果、ぼた餅を手土産に狐の住み処へ向かう。そこで遊んでいた子狐に、詫びとして手土産のぼた餅を預けて一安心。

子狐はぼた餅を持って住み処に帰るが、ひどい目にあわされた母狐は「いけないよ、それは馬の糞かもしれないよ」と注意する――。

「その中に登場する子狐が、睦月をさらった扶桑なのじゃ」

子供のほうかよ。

「しかし、玉藻。落語の『王子の狐』をよく知っていたな」

神代に寄席があるとは思えないが。

「落語や歌舞伎、狂言や能も知っておるぞ。あちこちの社で奉納されておるからな。我は都で雅な生活をしておったからのう。神になってからは催される社の主神やら神使どもから招待を受けていたのじゃ」

どうやら芸の発展を祈願して、落語や歌舞伎が供されるらしい。

「じゃが伊勢で見た、あれだけはいただけなかった。褌《ふんどし》一丁の男どもが取っ組み合うのだけは受け入れがたい」

玉藻が首を振りながら苦々しげに言い放つ。それはおそらく奉納相撲だろう。玉藻と出かける時、両国方面は不可と。俺は心にメモする。

「まあ、扶桑は子狐の時から、人間嫌いになった母親にさんざん言われたらしく、王子の神使となっても人間嫌いは変わらないのじゃ」

おいおい、神様って人間の信心の力で成り立っているのだろう。笠間神社の時もそうだったけど、神様に仕える神使が人間嫌いってパターンが多すぎないか？

「扶桑の人間嫌いは並外れておってのう。昔は社を訪れながらも信心不足なものに対して呪をかけまくり、稲荷神にいさめられておったのじゃ。最近は笠間との張り合いに生きがいを見出したのか少々落ち着いていたのじゃが、人である将門、おぬしが先に笠間稲荷に挨拶したことで、笠間に対しての面子で引くに引けなくなってこの暴挙に出たらしい」

先日の笠間稲荷の一件が挨拶にあたるかどうかの判断は置いといて、神代も面倒くさいな。というか笠間と王子、むしろ人間嫌い同士、仲良くできそうじゃね。

「あやつ人に対しては容赦がないが、笠間が絡まなければそこら辺の神使と変わるところはありはせん」

「それ、俺には容赦がないということじゃないかよ」

どうも玉藻は楽観的だ。いや、他人事か？

「それにのう。ちと不可解なことがあるのじゃ」

玉藻が俺を見つめながら言う。

「根津のお化け階段で呪をかけられた時、本来ならそちが拐《かどわ》かされるはずだったのじゃが、なぜかはじき返されて駆け付けた睦月が攫われることになったのじゃ。あそこにあった呪の残りからは間違いなく将門、呪の対象はそちじゃ。それがなぜにはじかれたのか我にもわからん」

玉藻が呪で守ってくれたわけじゃなかったのか。そして睦月、完全に俺のとばっちりだな許せ。感謝とお詫びの気持ちを込めて、今度とっておきの甘味を睦月に購入せねば。

「まあ、おいおいわかるじゃろう」

おい、なんだ。おいおいって、曖昧すぎるだろう！

「なんじゃ、卵焼きの店は閉まっておるのか」

玉藻が「営業は十二時から」と書かれた紙が貼られた店の前で立ち止まる。本当に悔しそうだ。

「帰りに寄ればよいことじゃ」

踵を返すと、線路沿いを王子稲荷神社へと向かう。

「あれっ、王子《おうじ》神社《じんじゃ》には挨拶に寄らないのか？」

俺の質問に、玉藻が首を振る。

「今、行っても神代の王子神社には誰もおらんぞ。我が王子稲荷神社へかちこみをかけると、ふれを出したからのう」

…………………えっ？

「とばっちりを恐れて、ここら一帯の神使と妖どもは王子稲荷の神使を除き、誰もおらんはずじゃ」

ちょっと待て。

「うむ。近くの装束稲荷神社《しょうぞくいなりじんじゃ》にも知らせは出したからのう。ちいとばかり騒いでも問題はないのだ」

一体、何をするつもりだ。

「先日の笠間ではおぬしに止められたからのう。暴れたりないのじゃ。それに最近、おぬしがあまりに美味なるものを供えるので、ちと……その……ふくよかになってしまってのう。神力や妖力に変換すれば問題ないのだが、その場があまりなくてな。良い機会だから思いっきりやってみようかと思ってな。まあ、主神たる我が神使を守るのは当然のことじゃ。二度と我が神使に不埒なことをせぬよう、釘を刺しておくべきじゃろう」

ダイエット代わりにカチコミかよ！

俺はツッコミをぐっとこらえた。今、俺が切れても睦月は帰ってこない。

――王子稲荷神社。

古来より東国三十三国稲荷総司といわれる由緒正しき稲荷神社だ。まあ東国三十三国といわれてもピンとこないが関八州いわゆる関東地方の稲荷神社を束ねる社という意味らしい。昔は神社の前に参道があり茶店などが軒を連ねていたとか。

毎年十二月三十一日の真夜中には、近くにある装束稲荷神社からこの王子稲荷神社まで狐の行列が催されていることでも有名だ。一度は見てみたいと思っていたが、まさかリアルで妖狐とかかわることになろうとは。

「ふふふ」

鳥居の前で立ち止まった玉藻の笑いに心なしか黒さが感じられる。

「で、玉藻、何を企んでいるんだ？」

俺は居住まいを正しながら聞いた。

「さすがにこのたびは人の代における将門にまで手を出すなどと、腹に据えかねる。大体これを許せばそなたと睦月の安寧もそうじゃが、我の矜持と沽券にかかわるのじゃ。ここは王子の神使には痛い目にあってもらおうと思ってのう。なに、伏見の本山には根回しは済んでおる。半分は我のためと思うて割り切ってくれ」

「巻き込んで、睦月に怪我などさせないだろうな」

王子の神使はともかく睦月には無事でいてほしい。

「おぬしも心配性じゃのう。まあ今日はゆっくりと見ておくのじゃ、神と妖のけじめのつけ方というものを」

セリフはかっこいいが、どや顔で言われると正直、ドン引きですわ、玉藻さん。

「では参るぞ！」

おなじみの玉藻の腕の一振り、だったはずが今回は違った。

玉藻はと見ると、いつもの女官服姿ではない。

東京国立博物館にでも収蔵されていそうな大鎧を身につけ、頭には兜の代わりに烏帽子をかぶり、腰には太刀をはき、手には弓。まるで巴御前もかくやという姿だ。

「うむ、そちの考えるとおり先に巴御前ゆかりの横根《よこね》稲荷神社《いなりじんじゃ》でわざわざ聞いてきただけのことはあるじゃろう。殴り込みというのはまず形からじゃと聞いてのう。どうじゃ」

玉藻が胸を張る。いや違うから、それ。「日本人は形から」って殴り込みじゃなく、挨拶とかだから。だいたいその鎧どこから出したんだよ。

「春日大社の赤糸威《あかいとおどし》大鎧《おおよろい》じゃ。昨晩、春日大神《かすがのおおかみ》に頼んで貸してもらったのじゃ」

それ国宝だから、重要文化財超えて国宝だから、なんてことしちゃってるのよ。

「それにそちの恰好も、なかなか男前だぞ」

俺は慌てて自分の装束を見る。うへえ、俺も大鎧を着込んでいる。やはり頭には兜はかぶっていないが代わりに鉢金《はちがね》が巻かれている。そして鎧の重さを全く感じない。これ何気にすごいな。身体を揺らすが、鎧の擦れる音なども全くしない。

色はというと玉藻の赤に対して、俺は紺色の大鎧だ。同じく太刀ははいているが手には何も持っていない。まあ、武芸の嗜みは全くないからな。

「将門の鎧も春日で借りたものなのじゃ。確か黒糸威《くろいとおどし》胴丸《どうまる》と言ったか」

これも国宝かよ！　俺は鎧をまじまじと見る。糸や装飾などは全く時代を感じさせることなく新品同然に輝いている。どういう仕組みなんだろう。

俺は呆然としつつも、言った。

「殴り込みって、本気だったのかよ」

「我が、冗談を言ったことがあったか？」

玉藻が得意げに言い放つ。

確かに玉藻とは短い付き合いだが、冗談の類は聞いたことがなかった。いやいやいやさすがに玉藻の神使として、これは止めないとまずいだろう。決闘罪？　凶器準備集合罪？　何に当たるんだ？

「将門、おぬし人の尺度で我らを測るではない。我とて綿密な計画を立ててきたのだ」

俺は深呼吸して息を整える。まあ、とりあえず落ち着いて聞いてみるか。

「今日はガツンとやって、サクッと取り返して、さっさと帰るのじゃ」

「それは計画とは言わねえええええええ！」

俺のツッコミが王子の空に響き渡った。


――数分後。

俺の目の前には簀巻《すま》きになった一人の神使が転がっていた。顔は腫れ上がり、目鼻の位置さえ微妙なほどだ。

まじ、ガツンとやってサクッだった。

そして俺にしがみつきながら、震えている睦月。助け出された喜びよりも、玉藻に対する恐れで震えているのだろう。

玉藻ではなく、苦手な俺にしがみついているあたり、心底怖がっているのがわかる。

俺も先ほどの光景を思い出し、身震いした。

玉藻の暴れっぷりは、ヤバかった。さすがにこれ以上はまずい。そう思って止めなかったら、たぶん全滅していた。もちろん敵が。

「これで懲りたじゃろう。扶桑よ、仙狐の分際で我の神使に手を出そうなどとは二千七百年ほど早いわ。しかし殺さぬように手加減をするのは疲れるのう」

ずいぶんな桁だ。ということは、玉藻の年は二千七百年より……サーセン。俺はとっさに顔を伏せて不埒な考えを意識の奥に沈める。

「うむ、睦月、無事じゃったな。すまんのう。もう少し早く来ればよかったのじゃが、支度に手間取ってのう。おお、こんなに震えて、そんなに恐ろしかったか。安心せい、こやつには二度と睦月には手を出させないことを誓うぞ」

返り血が飛び散った顔に満面の笑みを浮かべて、玉藻は睦月の頭を撫でていた。

いやいや。支度というより、食べ歩きを優先しようとしたせいだろう。

それに睦月。どう見ても、玉藻に怯えているだけだから。その証拠に、睦月は俺にしがみつく手の力を強めてるし。

しかし……これ、後始末どうするんだよ。

「将門、なんのための神使だと思うておる。このような時のための神使じゃぞ。差配するのじゃ。任せたぞ」

「んなわけないだろう！」

俺のさらなる突っ込みは人の代だけでなく神代にも響き渡った。

「「ここここ、このたびは……」」

まるで鶏のようになった王子の神使たちが、平伏しながら、口々に詫びの口上を述べ始める。玉藻が近づくと逃げまくるので、仕方なく俺が対応した。

「とりあえず今日の玉藻前様のご参内、東国三十三国稲荷総司のお立場も理解し、敬意を払ってのこと。先に笠間を訪れたことも他意あってのことではありません。此度の出来事はあくまでも誤解が招いた不幸な出来事であり、今後とも玉藻前様はよしなにとおっしゃっております」

恫喝外交という一連の折衝を終えた俺は、この言葉で締めくくる。

赤べこのように頷き続ける神使たちを見て、つまらなそうに鳥居の陰からこちらを見ている玉藻に確認をとる。

「玉藻、終わったぞ」

「まあそんなところじゃろう。どうだ睦月、これでよいか」

睦月は意を決したかのように居住まいを正し、俺たちに向かって言う。

「こ、このたびは神使としてはあるまじき失態を犯した、不肖この睦月をお助けいただきありがとうございます。このご恩には粉骨砕身の働きをもって応えるべく今後ともよろしくお願い申し上げます」

深く頭を下げる睦月を見て、俺と玉藻は顔を見合わせる。玉藻は困ったように俺を見る。まあ、これも先輩の務めか。

「睦月。玉藻はな、睦月が神使だからといって助けにきたわけではないぞ。それに俺もだ。玉藻も俺も睦月を大切に思っているから、来たんだ。」

じっと俺たちを見つめる睦月。その瞳は、心なしか潤んでいるように見える。

「さて帰るか」

せっかく三人に戻れたのに、人の代に戻ると睦月の姿はかき消えてしまうのだろう。

……なんだか寂しい。

睦月もこんな気持ちになっていなければいいけれど……。

俺の想いを汲んだかのように、一足先に鳥居をくぐった玉藻が俺に言う。

「大丈夫じゃ、すでに扶桑の縛からは離れておる。このまま帰れば、睦月は家で出迎えてくれるはずじゃ。まあその前に卵焼きじゃがな」

そう言いながら振り返り、俺を見て固まる玉藻。まさに目ん玉を引ん剝くといった感じでせっかくの美貌が台無しだ。うん、ひょっとして俺、まだ大鎧のままとか？

念のため、自分の姿を確認した。俺はカーゴパンツ姿に戻っている。そして睦月も無事だ。そう睦月も——。

「「「えっ？」」」

「将門、何をしたのじゃ？」

「玉藻、何をしたんだ？」

俺と玉藻は同時に問いを発する。

周囲を見渡すがアスファルトの道路に青い空、彼方から聞こえてくる車と電車の喧騒、間違いなく人の代だ。

その人の代に呆然と立ち尽くす、神使姿の睦月。頭から飛び出た狐耳と四本の尻尾が現実離れしすぎている……あれ四本？

俺と玉藻の視線に気づいたのか、睦月も振り返って自分の尾を確認する。

そして一瞬の沈黙の後――

「「増えてる！！！」」

――三人の絶叫が、王子の空に響き渡った……。


大騒ぎの俺たちに、容赦なく冷たく刺さる一般人の視線。

我に返った玉藻が、慌てて手を一振りして俺たちの姿を隠す。途端、先ほどまで俺たちを見ていた通行人は歩みを取り戻し、立ち去っていく。

「この姿の睦月を、人目に晒すわけにはいかぬであろう」

「それもだが、なんで睦月の尻尾が増えているんだ？」

俺の問いに、玉藻ががっくりと肩を落とす。

「おぬしがそれを聞くのか？　どう見てもこれおぬしのせいであろうに……睦月、体に何か異変はないか？」

玉藻が心配げに睦月に言葉をかける。睦月はうつむきながら体を震わせている。

待て待て待て。俺、何かまずいことやらかしたのか。

「八代様。この睦月めは、生涯、八代様に尽くすことを倉稲魂命様に誓います る」

睦月が体の前で両手を組み、祈るように俺に話しかけてくる。

しかしその言葉、まずいんじゃないだろうか。曲がりなりにも、睦月、玉藻様の神使だろう。なに、俺に尽くすなんて言っちゃってるのよ。

「どうしたんだ、睦月？」

俺の質問に答えず、睦月は背筋を伸ばして一礼。

「八代様、この睦月、この命のあらん限り、玉藻前様の神使として八代様に尽くし、使えることを八百万と倉稲魂命様に誓いまする」

いや、余計重くなっているし。

事態が全く把握できない俺に、ニコリと微笑んだ睦月は続けて言った。

「して、当然ながら、玉藻様と八代様が伺おうとしていた卵焼きの店に、私も同行させていただけるのですよね？」

　睦月の満面の笑みを見つめながら、俺と玉藻はなんとも言えない気持ちで顔を見合わせた。

　玉藻と二人で楽しむはずの王子の食べ歩きは、急遽三人で行うことになった。

……いや。どちらかというと、睦月が具現化した理由を突き止めるのが先じゃないのか？　食べ歩き優先ってそれでいいのかよ。

「よかろう。今さらじたばたしても仕方あるまい。起こってしまったことは、受け入れていくのじゃ」

　なに、その楽観主義。

「私も、常に玉藻様と八代様といられるようになって嬉しく思います」

　睦月の急激な変化に、俺は戸惑いを隠せない。ちょっと前まで話しかけてくることもなかったのに、なんで急変した？　嫌われているより、親しんでくれたほうが嬉しいけどさ……。

そんなことを思いつつも、二人のテンションに負け、卵焼きの『扇屋』へ向かう。

すでに十二時を回っているので、店は開いていた。

注文は普通の卵焼きを半折り、鶏肉と三つ葉の入った親子焼きを半折りだ。計一折りといっても三人で食べるには充分すぎるサイズになっている。

買った卵焼きを、音無親水公園の東屋のテーブルに広げて、いざ実食タイム！

できる神使は常に割りばしとウェットティッシュを持ち歩いているのだ。

「おお、ほんのりとした甘みが、美味じゃのう」

「このふわふわとした感じもよいのです。大根おろしと醤油もきっと合いますね」

睦月も絶賛だ。うん、さすがに大根おろしと醤油は持ってこなかった。次からは簡単な調味料を持参するのもありだな。

食べ歩き2軒目は、ベーカリーの『ロワンモンターニュ』だ。

白神こだま酵母を使用したパンが看板商品だが、ハードからソフトまでなんでもうまい店だ。俺はここの真骨頂は練り込み系とみている。ドライフルーツを練り込んだフィグ&クランベリー、セサミレーズンなどが一押しだ。

イートインのスペースもあるが、お昼時などは近くの北区役所の職員たちでかなり込み合っている。持ち帰りではなく、店内でゆっくり味わいたい場合は、来店時間をずらしたほうがいい。

「おおお、どれもこれも見事な焼き上がりじゃ。それぞれから芳ばしい果物の香りが漂ってくるのう」

「提案ですが、すべてを食してもいいと思います」

睦月が意外な健啖ぶりをアピールする。

でも、やめて。それ、俺の財布にとって大ダメージだから。

「いや、この後も控えているからな。ここは俺がお勧めを選ばせてもらおうか」

俺はパン・オ・レザンを選択する。

「なんじゃ、この中に入っているのは、どのような果物なのじゃ」

「このようにたくさんの味が入っているのに、なぜに調和がとれているのでしょうか」

たかが菓子パン、されど菓子パンといったところか。ブランデー漬けのレーズン、アーモンドの香りのクリーム、アプリコットジャム——「日本一美味しい」と冠をつけるだけのことはある。

さて、ここでいったん来た道を王子駅へと戻る途中、玉藻と睦月が鼻をクンクンさせ始める。

「将門、なにか良き匂いがするのじゃ」

「八代様、この香りはなんでございますか」

二人とも目ざとい、いや鼻ざといな。

『平澤かまぼこ』、言わずと知れた王子のおでんの名店だ。残念ながら立ち飲みメインの店なので、未成年である俺と見た目幼い睦月は入るわけにはいかないからな。

俺の説明に、期待値上がりまくりの玉藻と睦月が凹む。

テンションが下がった二人を連れ、王子駅東口へ。駅を出るとすぐに目的の店が見えてきた。

『寿し屋のやすけ』。

本日のメインだ。店の前のショーケースを見て、二人とも言葉を失った。

稲荷寿司、手巻き寿司、握り寿司、海苔巻き、押し寿司、鉄火丼——寿司にカテゴライズされるものなら、なんでも揃っている。

「食べ歩き用の手巻き寿司と、夕飯用の好きな寿司を注文していいぞ。睦月にも怖い思いをさせたし、玉藻もよくやったからな」

俺はボディバッグから財布を取り出す。

「手巻きはイクラとネギトロを。それと太巻きと茶巾寿司を……」

おお、玉藻は結構渋い選択だな……。

「十本ずつ！」

「私は雲丹《うに》手巻き十本に雲丹丼と鉄火丼、それに穴子丼、イクラ丼でお願いします」

えっと、どういうこと？　食べ歩きと夕飯のぶんだけって、俺言ったよね？

「「そして稲荷寿司をあるだけ！」」

二人のハモる声が、俺の心と財布に大ダメージを与えた。

——私、睦月は玉藻様の神使となった。

同じ年の仲間たちが、お山で修行していたり、いまだ屋敷守をしていることを考えると破格の出世といっていいだろう。

玉藻様の神使に就任するにあたり、お山に許しを得に行った時など、仲間たちはこぞって口々に祝ってくれたものだ。もっとも皆、女狐ばかりで男狐たちは祝うどころか、憐れむ顔をしていたがどうしてだったのだろう。

玉藻様といえば、我ら妖狐の憧れだ。

誰もがうらやむ美貌と力、そして妖の身でありながら神籍に名を連ねている。

妖狐として生まれたからには、その道は二つ。

野におりて人に仇なす野狐として妖の世界に身を投じるか、伏見稲荷大社にて善狐として修行を積み神代の神使を目指すかだ。

玉藻様は野に下り、妖狐としての頂点を極め、さらに神籍にまで昇り詰めたお方。

日本中の妖狐はもちろんのこと、妖も皆、尊敬している存在だ。

そして、八代将門様。

玉藻様の第一神使であり、私の先輩だ。

初めてお会いした時は、その魂の有り様に恐れを感じたが、玉藻様が怯えることはないと事情を話してくれた。さもありなん。人の身で神使になれた理由については納得できたのだが、八代様自身はその理由をおわかりではないらしい。

玉藻様も私に固く口止めをしているうえ、御自らもお話ししようとはしない。玉藻様はああおっしゃったが、やはり八代様のご正体を知ってしまったからか、私の心を若干の恐怖心が支配していた。

なにせ、私の守るお屋敷があのように衰退した理由にかかわってたのだから。

私は阿紫となってすぐに、この家の守り神として遣わされた。

人の代でいう明治という世だった。

お屋敷というにはこぢんまりとしたこの家は、大変居心地がよかった。

家の方々は皆やさしく信心深く、家の片隅に祀られた社に毎日のように油揚げをお供えしてくれた。

私もそれに応えようと、一生懸命にこの家と人々を守った。

まあ、守るといっても私よりも下等な妖の呪詛を跳ね返し、流行病《はやりやまい》の汚れが屋敷に入るのを防ぐことぐらいだが。ただ、私は病葉に対する力が強かったのか、この庭の木々や花々を見事に咲き誇らせ、決して枯らせることがなかったのが自慢だった。

――私はあの日を忘れない。忘れることはできない。

あの日は、朝からおかしな天気だった。

前日のうだるような暑さが一段落したものの、強い南風が吹き、朝から庭の木々がきしむように揺れていた。雨雲でもないのに黒い雲が広がっていた。

それは、お昼前にやってきた。

どす黒い怨念が、東京どころか関東全域を取り巻いたのだ。

お社を通して本山につなぎを取ろうにも何かに囲まれたか包まれたかのように、関東以外の神代とのつながりが断ち切られてしまっていた。

慌てて近所のお社にことの次第を聞こうと思った瞬間に、地面が揺れた。

いや、揺れたなんてものではなかった。

周りの家々の中には倒壊したものもあった。私も慌てて屋敷内を走り回り、家具や柱をあちこちを押しとどめなければ、この屋敷も危なかったことだろう。

幸い家人に怪我はなかった。

揺れが収まった後、関東一円の神代に朗々たる声が響き渡った。

それは少し前までこの東京を守護していた主神。

かの神は最近、主神を外された恨みを語り、自らを再び祀らない限り、このような災いを起こすと告げた。

私たちは恐怖した。

稲荷や八幡の神使たちは恐れ、本山に助けを求めたが、怒れる主神により隔離されたこの地には助けがくることはなかった。

やがて南の空が真っ赤に染まり、熱風が押し寄せてきた。

我が家の家人たちは、本所区にある本家を心配してそちらに向かった。

屋敷から離れることのできない私は、気を揉むことしかできなかった。

数日後、私は家人たちが本所区で命を落としたことを知った。

本家も絶えてしまい、以後この家は貸家として転々と主人が変わることとなり、私も屋敷守としての仕事を満足にこなせない日々が続いた。

あの日、玉藻様と八代様が現れなければ、今の私はなかっただろう。

ただ、あの災いさえなければ、という思いが心の中を駆け巡るのも事実だ。

そして八代様とあの主神の関係を知ってしまった今、八代様への態度がそっけないものになってしまうのは仕方のないことだろう。

私とて悪いとは分かっている。このようになったのは八代様のせいではないと理解はしている。理解しているのだが、心が認めないのだ。

八代様は玉藻様だけでなく、私にも人の代の美味なるものを供えてくれる。大変心苦しいとは思っているのだが、私の魂が八代様を恐れているのだ。

——だが、それも一変した。

王子稲荷神社の人間嫌いの神使、扶桑にかどわかされ、玉藻様と八代様が助けにきてくださった時、八代様が私を天狐にしてくださったのだ。

天狐といえば優に千年の修行を積まねばならぬ身。

あの時、神代から人の代への鳥居をくぐった瞬間、何かの力が八代様から私に流れ込むと同時に、八代様への恐れの念がきれいさっぱり消えているのに気付いた。

そして……私の心の中に、八代様に対する深い敬愛の念が生じていた。その思いは玉藻前様に感じる敬愛とは、少し違うものだった。

天狐になった今、私には力がある。おこがましいかもしれないけど大抵の妖や神使には負けないはずだ。玉藻様の盾になることはもちろん、八代様を守る矛になることもできよう。

二人の役に立てること、それが嬉しい。

たとえこの力が、あの災いをもたらしたのと根源を同じくする力だとしても構わない。素直に、そう思えたのだった。

王子の事件から数日がたった。まあ、平穏な毎日が戻ってきたといってもよいだろう。あれをきっかけに睦月が俺になついてくれるようになったのは望外の喜びだ。ちょっと堅苦しいところがあるが、以前のつんけんした態度に比べれば雲泥の差だ。それに尾が四本になったことを本当に喜んでいるようだ。事あるごとに四本の尾を自慢げに振っている姿はまさに眼福、眼福。先日などは居間の姿見の前で四本の尾を振りながらさまざまなポーズをとっているところを見てしまった。すぐに見ないふりをして踵を返したのは言うまでもないが。

俺は布団の中でそんなことをつらつらと考えながら枕元の時計を見る。

六時五分、そろそろ起きてひとっ風呂浴びるか。布団から這い出ると、縁側に出る障子を開ける。その瞬間、いまだに寝ていて夢を見ているのかと疑う光景が目の前に広がっていた。

狐、狐、狐……、所狭しと庭に狐があふれている。なにこの野生の王国。

少なくとも四、五十四はいそうだ。皆、駒狐のようなピンとした姿勢で、一心に一か所を見つめている。

その視線の先に目をやると、縁側に睦月が立っていた。白衣に緋袴のいつもの神使の装《よそお》いだが、白の割烹着を身に着けている。朝ご飯の支度でもしていたのだろう。

睦月が俺に気付きこちらを見る。おお、俺は後ろを向くと慌てて浴衣の乱れを直し、睦月に歩み寄っていく。

「おはよう睦月、この狐たちはどうしたんだ」

「おはようございます。八代様。朝食の支度が遅れておりますが、申し訳ありません。こちらの所用を片付けたら、すぐにご用意いたしますので、茶の間でお待ちいただけるよう……」

睦月の言葉で、俺の存在に気付いたのだろう。狐たちの視線が俺に向き、てんでばらばらに話し始める。

話せるということは、この狐たちは妖狐や神使だな。

「玉藻前様の第一神使たる……」

「このたびは我が社にて……」

「夏の大祭にぜひ……」

「八代様、お願いが……」

皆ものすごい勢いだ。いや、これだけうるさいとご近所迷惑だろう。

「この屋敷には玉藻様が結界を張ってらっしゃいます。狐たちは入れるようにはなっておりますが、周りには何も聞こえず、何も見えぬようになっております」

俺の疑問に睦月が四本の尻尾をことさら見せつけるように振りながら答えてくれる。

心なしかその顔は誇らしげだ。そういえば庭に居並ぶ狐の尻尾は全部一本だな。

「皆、静まれ」

睦月の気迫のこもった一喝が皆を黙らせる。睦月の身体から先日まで感じることがなかった覇気がにじみ出ている。

庭先に集まった狐たちが、一斉に頭を垂れる。

「先ぶれもなしに押し掛けるとは、なんたる非礼。玉藻前様の第一神使たる八代様はもとより、わが主玉藻前様もそなたらの非礼に立腹である。また、許しもなく屋敷に入り、あまつさえ八代様に許しもなく拝謁するとは！」

いや、拝謁って俺そんなに偉くないし。たかだか神使だろう。

「先日の王子稲荷の件を聞いてのことと思うが、その神使のことも聞き及んでいるのか？　それを知ったうえでというのなら是非もなし。わが主神たる玉藻前様においで願うまでのこと」

睦月の言葉を聞いて、一斉に狐たちが走り去っていく。

素早く板塀を飛び越え、くぐり抜け、十秒とかからず我が家の庭は再び静寂を取り戻した。どれだけ玉藻、恐れられているんだよ。


「で、どういうこと？」

朝食の席で、俺は玉藻を問い詰めた。

ひとっ風呂浴びた俺は、玉藻や睦月とともに朝ごはんを囲んでいる。鮭の西京焼きに錦松梅、油揚げを炙ったものに大根おろしと生醤油、そして牛蒡《ごぼう》と豚肉の味噌汁。豚肉はちゃんと細切れ肉を使っている。

そして玉藻、いかにもその物知らずってさげすむような視線で俺を見るのはやめてくれないかな。

「おぬし、王子稲荷で睦月を地狐から天狐に変えたのじゃ」

「尻尾が一本から四本になったってことだろう」

「さように軽いことではない。前にも言ったように、狐には位があってのう。位がすすむとそれに見合った力を身に着けたうえで、尾が増えていくのじゃ」

まるで軍隊の階級と階級章みたいだな。

玉藻の話によるとまず最初は、阿紫といって見習い的な立場から始まるらしい。

これが百歳を超えると地狐になり、ようやく一人前の神使と認められるとのことだ。

地狐になると、俺たちと出会った時の睦月のように、お山から各地に散らばる家屋敷の稲荷神の祠の管理を任される。その数八万余り。想像を絶する数だ。

その後、さらなる修行と研鑽を積み、五百歳を超えると仙狐となる。このぐらいになると妖力が高まり、尾は二本だ。

仙狐になると、本山から各地の稲荷神社を管理する神使として派遣されることもあるとか。

そしてさらに五百年ほど修行を重ねると、尾も三、四本に増え、天狐に昇格。お社を一つ建てて祀ってもらえるほどの立場となるらしい。

「伏見稲荷でいうところの一の峰に末広大神、二の峰に青木大神《あおきのおおかみ》が祀られているようなものか？」

俺は以前に玉藻から聞いた稲荷山の話を思い出す。

末広大神は伏見稲荷大社の主神である倉稲魂命の第一神使である小薄《おすすき》、青木大神は第二神使である阿古山《あこやま》のことで、ともに尾が四本の天狐らしい。ちなみに三の峰に祀られている白菊大神《しらぎくおおかみ》と玉藻は仲が悪いらしい。

「あやつらは千年の齢《よわい》を重ねて、天狐としての位と力を得たのじゃ。地狐が天狐になるには、かように最低でも千年は必要にもかかわらず、睦月は齢百三十年余の地狐から仙狐を飛ばしていきなり天狐じゃ。しかも一瞬でのう」

確かに王子稲荷神社の神代から人の代に戻るまでは一瞬だったが。

睦月の妖狐としての位が上がったのなら、使える妖力も強くなったのか？

「睦月が天狐になったってことは、この前のように王子稲荷の神使に呪をかけられて攫われるようなことはもうないってことか？」

もしそうなら、これ以上、俺のことで睦月に迷惑かけることはないだろうしな。

「当たり前じゃ。妖狐の世界でも我を除いて最たる力を持つのが天狐にして四尾の小薄ら三人の神使じゃ。睦月は彼らと同格。睦月に手を出せるなど、主神ほどの力がなければ無理というものじゃ」

玉藻があきれ返るように言う。いやあきれることないじゃないか、睦月にとって喜ばしいことだろう。

万々歳じゃないか、これでもう睦月に手を出せるものはいなくなったんだから。ああ、そうだ、睦月がそんなに立派になったんだったら、俺と替わって第一神使に就任したほうがいいだろうな、そのほうが主神たる玉藻にも箔がつくというものだ。

そんな考えを抱いた瞬間、睦月が食いつかんばかりに反論する。

「いいえ、私はあくまで第二の神使として八代様のもとで玉藻様にお仕えしたいと思います」

「おおう」

睦月の勢いに若干引いてしまう。あれ、俺、今考えただけで言葉にしてないよね。

睦月、俺の考えを読めるのか？

「将門。おぬしは人間のくせに、睦月を眷属化したのじゃぞ。眷属である限り、睦月はおぬしの考えを読みとって、おぬしの意を実行することになったのじゃ」

いやいやいや、健全な男子大学生の心の中を少女に読まれるってどんな拷問なの！

俺は頭を抱える。

「なあ将門、おぬしは軽く考えているようじゃが、とにもかくにも、これは困ったことになっておるのだぞ、少しは自覚せい」

玉藻が右手の人差し指と親指でこめかみを押さえながら言葉を続ける。

「よいか、睦月が地狐から仙狐を飛ばして天狐になったのは間違いなく将門、おぬしがせいよ」

玉藻がねめつけるような視線で俺を睨みつける。

いや、俺そんなことしてないし。だいたい人間の俺が、妖をどうこうする方法すらわからない。

「将門、王子稲荷でのあの時、神代から人の代へ渡る瞬間に、おぬしがなんらかの力を無意識じゃろうが行使したのだ。それによって睦月は、地狐から天狐へと昇華したのじゃ。齢百歳程度の地狐が、そなたのおかげで千年はかかる修行の過程を飛び越した。あげくこの妖力。人の代で、睦月が具現化しているのは、化けるなどというものではない。とてつもない力で、この姿を人の代に固定しておる。このようなこと、お山の神使でも到達できぬ境地じゃぞ。われとて、その力を得るまでに、二千……いや何年かかったと思うておる」

一気に話した玉藻は最後に溜め息をつくと、がくりと肩を落とす。

「だめじゃ、将門。おぬし、ことの大事さを理解しておらぬ。睦月、このもの知らずに己がなしたこととその影響を教えてやれ。我はちと本山に行ってくる」

玉藻が右手をしっしっと振ると、疲れたように身体を左右に揺らしながら部屋に戻っていく。睦月に丸投げかよ。

「八代様」

睦月が居住まいを正して俺に向く。うむ、今までのよそよそしさが取れたのはよかった。でも、ちょっと硬いのはいただけない。同じ、玉藻の神使なのだからもう少し砕けて接して欲しいのだが。

「八代様のおかげで、私は地狐から天狐となり、身に余る御力をいただきました」

「俺は何もしてないけど……」

「いえ、此度のことはすべて八代様のお力によるもの。今後、全霊をもって八代様に仕えさせていただきます」

「いや、俺たち玉藻の神使なんだから。睦月は俺に仕えちゃだめだろう」

「いえいえ、日の本の神は寛容にございます。私は主神たる玉藻様にお仕えしつつ、第一神使たる八代様にもお仕えするという立場になります」

まあ、玉藻が寛容かどうかは疑問に思えるところだがな。

「将門！　我も心が読めるのだぞ」

部屋の向こうから、玉藻の怒鳴り声が届く。まだ本山には行っていなかったようだ。

「それと……」

睦月が言葉を続ける。

「どのような方法でかはわかりませぬが、私の心が八代様とつながっているのがはっきりとわかります。八代様は地狐に過ぎない妖を、天狐としての立場にお引き上げくださったのです。我ら妖は人を害するものばかりではございません。神使や眷属として霊格を磨き、いずれは神格をと考えているものは多数おります」

あれ、そうすると今朝のあの騒ぎは。

「八代様が力を揮《ふる》うことで、妖の霊格を引き上げることを全国の妖が知ったのです」

おい誰が教えたんだよ。

「過日、玉藻様が私をお山に連れていってくださり、その際に稲荷神と三の峰の白菊大神に自慢なされていました」

原因は結局、玉藻かよ！　事の大事さとか言っておいて、自分が原因じゃないか。

「しかしながら、いずれはわかることだったでしょう。玉藻様もそれを危惧して早めにお山に報告に上がったのです。今のところは、稲荷神社の神使と阿紫や地狐どもしか知りませんが、このことを知ればほかの主神の神使や眷属たち、野に下った妖どもがこぞって、我も我もと参じることでしょう」

ちょ、そうすると何か、毎日、今朝のような光景が繰り返されるわけかよ。

俺はうんざりした。

「ご安心ください。先ほど玉藻様がお山に向かったのは、今後このようなことがないように倉稲魂命様に触れを出してもらうためでございます。おそらく二、三日中には落ち着くことかと」

睦月の言葉に俺は安堵する。そういえば心なしか睦月の口調が大人びてきており、態度にも余裕と落ち着きが感じられる。これも位が上がった影響なのだろうか。

「まあ、そうだといいんだがな」

俺の心には、なんとも言いようのない不安が渦巻いていた。

東京都台東区谷中、JR日暮里駅の改札を出て左、しばらく歩くと道が二又になる。左を行くと七面坂、右を行くと谷中銀座商店街だ。「夕焼けだんだん」と呼ばれる階段から二百メートル余りの間に、六十軒ほどの店がひしめき合っている。

最近は観光地と化していて、土日ともなれば外国人であふれかえるが、ご近所に住むこととなった俺にとっては立派な生活商店街だ。

七面坂をそのまま進むと、日光の天然氷を利用したかき氷の名店『ひみつ堂』の前に出る。ここは三時間、四時間待ちは当たり前のお店で、メニューは日替わりだ。ちなみに初夏の俺のお勧めは、イチゴを使った「春いちみ」。

俺は、観光客がメンチカツを頬張る『肉のサトー』で生姜焼き用の豚肉、鮮魚店『富じ家』で鰆の西京漬けを買い求める。

そんな俺の横で『谷中満天ドーナツ』の焼きドーナツを頬張る玉藻と睦月。玉藻の注文はシナモン、睦月の注文は抹茶だ。

睦月が人の代に具現化できるまでは三日に一度、玉藻とともに商店街に買い物に来るのが常だったが、今日は睦月も一緒だ。

睦月は人の代の有り様に目を輝かせている。本当ははしゃぎたいのだろうが、神使という立場に気を使っておとなしくしている。しかし耳はピコピコと尾は上下に振れており、一目で興奮しているさまが手に取るようにわかる。

ちなみに恰好は白衣に緋袴だが、どうやら神力、妖力で認識疎外の呪をかけているらしく耳と尾、巫女のような恰好をしていても誰も何も言わない。

「玉藻様、このどーなつとやらはホロホロした食感がたまらぬのです」

うん、睦月。よくわかっているな。

一大ブームだった『クリスピー・クリーム・ドーナツ』を箱買いしていた俺が、『谷中満天ドーナツ』と出会った瞬間、このサックリ感にやられ、焼き派に転向したのも記憶に新しい。

買い物を終えると猫の多い谷中銀座を抜け、よみせ通りを千駄木方面へと自宅に向かう。途中の左側にはアップルパイで有名な『マミーズ・アン・スリール』の谷中店があるが今日はスルーだ。いつか驚かせるための隠し玉にとっておきたいからだ。それほどまでにここのアップルパイはお勧めだ。

しばらくすると左手に『松寿司』が見えてくる。一度ここの稲荷寿司をテイクアウトして、玉藻と睦月へのお土産にしたら絶賛だった。あいにく夕方のこの時間は閉店しており、玉藻と睦月は恨めしそうな視線で店を見つめるに留まった。

三崎坂を上り始めたとたん、玉藻の凛とした声が響き渡る。

「睦月」

玉藻の声に反応して、睦月が先頭を歩く俺の前へと駆け出して、正面をにらみつける。

その視線の先を見ると、犬が三匹俺たちの行く手を阻んでいた。

中央の犬、でかいな。灰色の毛に巨躯。左右の二匹の犬は大きめの柴犬といったところだ。三匹とも首輪はしていない。

「じゃまなら、反対の歩道を」

言いながら歩道の反対を見ると、そこにも二匹の犬がいた。

「これ、ひょっとして？」

「うむ、将門。おぬしを狙っておる。よりによって三峯《みつみね》の山犬どもじゃ。われら狐とは最悪の相性じゃ、しかも人の代でこうも大胆に仕掛けてくるとは。どうやらなりふりかまわずといったところじゃな」

真ん中の灰色の巨大な犬が、大将らしい。ピクリともせず堂々たる威圧感のみ発している。しかし犬にしてはずいぶんと凶悪な顔つきだな。

「将門、山犬とは言ったが狼じゃ。あやつらは秩父は三峯神社の神使で、この辺りまで出張っておるとなると小野照崎神社《おのてるさきじんじゃ》境内社の三峯神社あたりを使ってここに来たのであろう」

玉藻が鶯谷の東にある、小野照崎神社の名前を出す。

確か平安時代の学者、小野篁《おののたかむら》を祀った神社だったか？

「ここは結界を張りました。あやつらはこれ以上こちらに近寄れませぬが、我らも進むことはできません。戻り、違う道を参りましょう」

睦月の言葉に玉藻が踵を返し、俺も睦月にせかされるように来た道を戻る。犬たちは結界とやらに阻まれているのかその場から動かず、頭だけを動かして俺たちを見つめてきた。

玉藻は団子坂下交差点までは下りずにへび道へと入っていく。

「あやつらのおかげで遠回りとなったが仕方あるまい。このままへび道を抜けて三浦坂を抜け、寺の間を抜けていけばよいじゃろう。さすがに寺に囲まれたところは仏の縄張りじゃ、きゃつらも仕掛けてくるまい」

俺たちは車一台がやっと通れるほどの狭い道を歩き出す。へび道とは昔、水路だったところを暗渠《あんきょ》にして、その上に道を通したため蛇のようにくねっており、その様からこの名がついた。最近ではしゃれた店がオープンし歩いていても楽しいが、こういう状況では立ち寄ることもできない。

「玉藻。伏見稲荷で、俺に手出しをしないって話をつけたんじゃないのか」

「うむ、伏見の威光が効かないものがおるということじゃ。先ほどの山犬じゃが、言うたとおり三峯の神使じゃが、狐とは相性が悪いというか、まあいわゆる犬猿の仲というやつじゃな」

仲が悪い神様、多すぎ。

「あやつらは下品でのう。雅というものを全く理解しない。こともあろうに身を清めるのも月に一回などとんでもない不潔さじゃ」

玉藻、めちゃくちゃディスっているな。

へび道を抜けて、三浦坂へ向かう。このままお寺の間を抜けていけば我が家だ。

引っ越してきてからこの坂を何回か歩いているのだが、今日は何かおかしい。どこがとは言えないが、なんとなくいつもの景色と違うのだ。

「玉藻、睦月、なんか変な感じとか……」

俺は立ち止まって前を歩く玉藻と睦月に尋ねる。

「安心せい、特に何も感じぬわ」

「八代様、先ほどの山犬どもの気配も感じませぬ。ご安心ください」

俺の気のせいか。

谷中名物のヒマラヤ杉の四辻に差し掛かる。Y字の道の付け根部分から生える樹齢百年に達しようかという大木だ。傍らの『みかどパン店』ではこの大木をモチーフにしたクッキーを売っている。この辻、Y字の三ツ辻に見えるが実際には左に抜ける道があるので四辻だと常々思っているのだが……。

ああそうか、ここで俺は先ほどの三浦坂の違和感に気付いた。

猫が一匹もいなかったのだ。

いつも猫だらけで、猫の町と呼ばれる谷中なのに。

「玉藻様！」

「睦月！」

俺たちがヒマラヤ杉の手前に達した時、玉藻と睦月が振り返ると俺を守るように挟み込んで立つ。

右手の妙行寺の門から俺たちの行く手を塞ぐかのように猫が次から次へと出てくる。

振り返ると左手の延寿寺の門からも、また右手にある蓮華寺の門からも猫が湧いてきていた。白、黒、ぶち、三毛、縞、トラ、さまざまな体毛だが皆共通していることがある。みんな和猫なのだ。

「玉藻、ここは安全じゃなかったのかよ」

俺は次々と降りかかる厄介事に頭を抱えた。

「で、今度はどこの神使だよ」

俺は、猫の大群を見渡しながらボヤく。

「これは、ちと予想外だったわ」

玉藻は眉をひそめていた。

「別に神代に飛ばされたわけじゃないよな」

人の代離れした光景に対する俺の確認に睦月が答える。

「まぎれもなく、ここは人の代にございます」

なら、この現実離れした光景はなんだよ。

にじり寄る猫から逃げるように俺たちは左側の道に向かう。だが頤神院《いしんいん》に通じる道にも猫が群れていた。

猫の中心にひときわ目立つ真っ白な猫が一匹、俺たちを見つめている。汚れ一つない整えられた毛並み、右目は黄色だが左の目が青く輝いていた。

そして身体の後ろでゆらりゆらりと揺れている尾、どう見ても二本あるのだ。

「将門、此度はちと力押しにならざるを得なさそうじゃ」

どういうことだよ。

「あれは神使ではございません。また神代のものでもございません」

睦月がどこから出したのかいつの間にか襷《たすき》をかけている。いつの間に出したんだよ。

それにあれ、どう見ても尋常ならざるものだよね。神代関係者じゃなかったら、なんだっていうんだよ。

「在野の妖にございます」

睦月が俺の疑問に答える。

神に神使に狐に山犬、そして化け猫。もう勘弁して。俺は切実に天を仰いだ。

「あんたが八代将門かい」

白い猫が俺に話しかけてきた。

「ふ～ん、冴えない風体だね」

白い猫は二本足で器用に立ち上がると、俺を値踏みするような視線でねめつける。

ほっとけ、冴えないことぐらい自覚してるわ。

「あたしは、駒菊《こまぎく》、ごらんのとおりの化け猫さ。まあ、そちらのお狐さまに合わせて上品に言い直せば、猫又ってやつさ」

駒菊と名乗った化け猫は砕けた口調で話し始める。おいおい、神代でもないのに妖ってこんな真似できるのかよ。

「神代でもないのに……」

俺の独り言を聞きつけたのか、駒菊が答えてくれる。

「まあ、ここはちょっと特殊なところだからね。四辻、この大樹、そしてあんたら知らなかったらしいけど、この店の裏手にはあちらの世界とつながっている小さな祠があってね、そのおかげであんたらに気付かれずにちょいと祟りを仕掛けさせてもらったというわけよ」

「玉藻、お化け階段も然りだけど、こういう場所ってある程度前もってわかるって言ってなかったっけ」

俺は頼りにならない主神を責める。

「いや、まあ、そのう……」

「ふふふ、お狐さまとて苦手はあるでしょうな。寸前まで妖気を隠してたしね」

駒菊はいたずらに成功したかのように笑った。

「むう、してそなた……駒菊ともうしたな。我に、いや我らに何用じゃ」

気を取り直した玉藻が問う。

「数日前からここ谷根千――谷中、根津、千駄木界隈にお上品なお狐どもが入り込んできてね。先ほどなんか、こわーい山犬どもまで。縄張りを奪いにきたのかと思ったら、あたしらに目もくれない。調べてみたら、あんたのことが浮かんできたってことよ。それでもってちょっと挨拶をね」

駒菊はそこまで一気にしゃべると器用に前足を体の前で組む。

えらくシュールな光景だ。

「あんたらがこの近くに住まいを定めたっていうのも聞いている。なにせ、そちらは九尾のお狐さまだ。あたしたちのような下賤な妖には一言も挨拶がなかったが、神様となった身だろうから、もう妖とは付き合えないっていうのもわかる。だから、まあそれくらいは大目に見よう。しかしこれはいただけないね」

駒菊は腕を組んだまま道を左右に行きかいながら気取った口調で話し続ける。

「神代の狐やら山犬どもが来るのはまだいい、神代で行き来するから人の代には関係ないからね。しかし、この先、あちこちから妖が集まってくるのは勘弁願いたい。あやつらは神代、人の代関係なく暴れるからね。ここはあたしらにとっては安住の地でね。寺や墓地ばかりで人はいないから静かに昼寝もできるし、道を渡る時だけ車にちょいと気を付けていれば、これほど住みやすいところはないのさ。今のところやってくるのは、下っ端の妖ばかりだからなんとかあたしが追い返しているがね。さすがにあんたらもさっき会ったような山犬は苦手でね。いくらあたしでもあいつらの相手は手に余るんだよ」

駒菊は器用に肩をすくめる動作をする。

玉藻はというとちょっとバツの悪そうな顔をしているし、睦月はちょっと困惑気味だ。俺なんぞ絶賛話に置いてけぼりだ。

「聞けば、そちらの神使様。人間にもかかわらず、霊格を上げることができるんだってね。そりゃ日本中の妖が集まってくるわけだわ。だけど毎日、こんな騒ぎを起こされるとあたしたちも困るのよ」

ずいぶん玉藻が静かだな。なにか後ろめたいことでもあるのか？　いつもなら「我の勝手じゃろ」とかなんとか言って、威圧全開だろうに。

俺は睦月に小声で尋ねる。

「その、この場合、妖の代の決まりに従えば、迷惑をかけているのは確かにこちらのほうなので……さすがの玉藻様も」

俺と睦月の言葉が聞こえたのか駒菊が話をつなぐ。

「お狐さまにおかれましては神への昇段で、妖の仁義というものをどこかに置き忘れてしまったと拝察いたします」

まさに絵にかいたような慇懃無礼だな。玉藻がたじたじとなっている。

「嫌味もその程度にせい。我とてわかっておるわ。此度の騒ぎすまないと思っている。なるべくはよう片をつけるゆえ、今しばらく待ってもらえんだろうか？」

玉藻が深々と頭を下げた。玉藻があやまるなんて雪でも降らなきゃいいが。

逆にそれを見た駒菊のほうが慌てた表情だ。

「我とて悪いと思えば謝れるわ。それに将門、元はといえば……」

「お山で自慢した玉藻のせいだな」

俺の言葉に玉藻は、両手の人差し指をつんつんと突っつき合わせている。

いや、可愛いしぐさしてもみなごまかされないから。

駒菊は俺たちの会話に毒気を抜かれたのか、投げやりに言った。

「まあ、そういうことなら待つのはやぶさかではないけど、あんたらのおかげであたしら非常に迷惑しているの。本当ならできるだけ早くここから出て行ってもらいたいぐらいなの」

いや俺たち引っ越してきたばかりだし、住宅ローンもあるから無理だ。

「本当にここは平穏なところだったのよ。日暮里大火もここまでは来なかったし、戦争の時も空襲はなかったしね。それに関東大震災でもそれほどの被害なしとかなり恵まれたところなのよ。それがあなたたちが来たことでこの有様、本当に迷惑なのよ」

なんか俺まで申し訳なくなってきた。そして睦月の顔が若干くもる。

「いや、将門、おぬしが原因だ」

玉藻が弱々しく逆襲する。

「そういえば、お前たちは俺の力に興味はないのか？」

駒菊はわかっていないわねえという感じで肩をすくめる。

「あたしたちはね、飼い主あってこその化け猫なの。ここにいる猫の妖は皆、この谷中の霊園に眠るご主人たちによって妖となったものばかり、名をいただき、亡き主人をいまだに慕ってここにいるのよ」

俺は鍋島の化け猫騒動の話を思い出す。

犬に比べて猫は薄情というか淡泊と思われがちだが、それは人間の思い込みなのだろう。考えてみれば犬の敵討ちなどというのは聞かないが、猫が化けて主人の恨みを晴らす怪談なんて山とあるしな。

「飼い主に名をいただき、思いを受けて妖となり、二君に仕えないのが我ら化け猫の誇りよ。あなたの力で猫又になっても、化け猫の矜持が許さないわ。そんなわけであたしたちには、あなたの力って本当に迷惑なだけで、全く興味がないのよ」

駒菊の言葉に周りの猫たちが総意の意味なのだろうか、一斉ににゃーにゃーと鳴き声を上げる。

「つまりあたしたち猫の妖は、お狐さまの神使の力なんぞ必要なんてしていないってことよ。おわかり？」

玉藻は黙り込み、睦月も何も言えなそうだ。これが狐と猫のあー、相性というか方向性の違いというわけか。

いやいや、これって逆にビッグチャンスじゃないか？

だって本当なら俺のところに押し寄せてくる妖が、ここご近所に限っては俺に全く興味がないっていうんだぞ。これはどう見ても静かな生活に戻るチャンスだろう。ここで玉藻の神使としての力を見せずしてなんの神使ぞや。

俺は気合を入れるため頬をたたこうとするが、買い物かごを持っていたことに気付く。横から睦月が手を出し、かごを受け取る、うむ、見事に考え読まれてるな。

改めて両頬をたたき、気合を入れる。

「駒菊におかれましては……」

「ああ、そういう堅苦しいのなしなし。あたしら妖であって、神使とか全く関係ないから」

ちょ、フランクすぎねえか？　まあ相手がそう言うなら、くだけさせてもらうか。

「んっじゃ、遠慮なく。話はわかった。とりあえず俺たちが原因で日本中の妖が集まってきて、駒菊たちに迷惑をかけているのはわかった」

「へえ、お狐さまと違って人間は話がわかるねえ」

「ならば、今までどおり平穏な生活が戻るなら、俺たちがそのまま暮らしてもいいってことだよな？」

駒菊がちょっと考え込む。

「駄目ね。霊格や妖の力を上げることができるあなたがいる限り、平穏になったとしてもそれはかりそめであり、本当の解決にはならないわ。最低でもあなたがここから去ることが条件よ」

睦月が叫ぶ。

「かようなこと、認められるわけない！」

「ならお引っ越しね～、ほほほほ」

駒菊が笑う。

玉藻の尻尾がふわりと回りはじめ、空気が張り詰めるのがわかる。おおい、ここで切れたらまずいだろうに。

「おお、こわ、お狐さまは実力行使がお好きなようで。先日の人形町と王子の話は聞いておりますわ。ここで力をお使いになるのもよいでしょう。しかしながら都の妖の元締めがこれを聞いたらどう動くかおわかりですか？」

駒菊が全然怖がっていない風に言う。

またもや黙り込んでしまった玉藻を見て、俺は空気を読んで頷いておくことにした。

要は先延ばしだ。

「あたしら妖は神代の理で動くことはないわ。まあ、時たま力の強い神により神代の理に縛られることはあるけど」

にやりと笑う駒菊の口から白い歯がこぼれる。

「神代のものどもは力ある土地でなければ呪をかけられないが、あたしらはそれに関係なく動くことができるわ」

神代と妖の代の違いがわかってきたようなわからないような。縄張りが違うみたいなものか。

「神代では好き勝手できるが、ここでは妖の理に従ってもらう。神より妖のほうが数が多いからね。そんなあたしらの目が四六時中あることをお忘れなく。よーく、考えてお返事いただけると嬉しいわ」

駒菊の高笑いがこだました。

「さすがに此度は、力押しというわけにいかないと思います」

谷中猫軍団から解放され、我が家に帰り着くと夕飯もそこそこに睦月の言葉を皮切りに対策会議《おはなしあい》が始まった。

「さっきの駒菊の話で少しはわかったんだが、やはり神代と妖の理って違うのか？」

俺の問いに睦月が親切に答えてくれる。

「全く違うというわけではないのです。例えば私も妖ではございますが玉藻前様という神に仕えております。妖ではありますが、神代の理、神使の位や作法、挨拶等に縛られるのです。しかしながら、駒菊たちは在野の妖、神代の力には確かに太刀打ちできませんがその枠の中で暮らしているわけではないのです。神代では神がすべてを束ね、仕切りますが、在野の妖については、都の妖の元締めがそのすべてを仕切ることとなります」

おぼろげながら、わかってきた。

「俺が狐や山犬の神使たちに絡む限りは、神代の理で解決できるが、もし、神使でない在野の妖が、俺たちやさっきの駒菊たちに絡んできたら、その妖の理に従って解決しなければならないってことか」

なんというダブルスタンダード。神代の勉強だけでよかったと思ったら、妖の世界の勉強もしないとか。

駒菊の言っていたことを思い出しつつ、疑問に思うことを睦月と玉藻に投げかける。

「都って、ここ東京じゃなく京都ってことだよな」

「さようにございます」

「玉藻がその都の妖に話をつけるのってできないのか？」

玉藻は昔、都にいたんだろう。妖の元締めとは顔見知りってことはないのか？

俺は帰ってきてから黙りっぱなしの玉藻に話を振る。

「いや、まあ、その、我はのう……」

だああああ、はっきりしねええ。玉藻変だぞ。都の話が出てからあんま話さないじゃないか？

「いや、その、なんだ……我が大陸から都に来た時にその、なんだ」

ああ、なんとなくわかった。

玉藻と付きあうようになって俺は今はじめてわかった。この世には三つの理がることを。

神代の理、妖の理、そして玉藻の理だ。

だあああ、こんなことわかりたくなかったわ。

「なるほど大陸からやってきた新参者、なめられまいとその京都の妖の元締めやらをまさか……」

俺の視線に玉藻は身を縮める。

「いやいやいやいや、そのようなことはしておらん。その、先日の王子の扶桑にしたようなこともしておらん」

玉藻が言い訳がましく言う。

「その八代様、玉藻様の都嫌いは、神代でも妖の代でも知られておりまして、玉藻様が直接都へ赴き話をすることは難しいかと」

睦月が主神をかばうがごとくフォローを入れる。まあ、そうだよな、都を追われたんだから行きづらいよなって……おいおい。これ、ほんとに駒菊の言っているとおり詰んでないか？

このままだと睦月はここ、玉藻は俺の実家、そして俺はまた再びの一人暮らしとバラバラになっちまうのかよ。

その後、三人で話し合ったが妙案は出なかった。

だが、翌朝。事態は思わぬ展開を迎えた。

翌朝、睦月が俺の寝所に駆け込んできた。

「八代様、起きてくださいませ」

「今、何時だ」

「寅の刻を少し回ったところにございます」

ってことは午前四時ごろか。いつもより一時間以上早いな。

「また、玉藻が何かやらかした？」

「昨日の山犬どもが押し掛けて参りました」

俺の眠気は一気に覚めた。布団からあわてて立ち上がる。鏡を見なくてもわかるひどい寝ぐせだが直している時間はないだろう。俺は頭をかきむしる。

「この家は玉藻が結界を張っているんじゃないのか。あいつらはそれを破って侵入してきたってことか」

俺は着替えもそこそこに縁側へ向かう。そこにはすでに女官服姿の玉藻が立っており、庭先には昨日の大きな灰色の山犬と小柄な黒い犬が後ろに五匹ほど控えている。

「お初ではないな、昨日に引き続きお目にかかる。我は三峯神社を預かる神使、彦司《ひこじ》。此度は玉藻前様の神使、八代将門殿に願いがあって参った次第」

昨日のうちに玉藻に教えてもらっておいてよかった。

三峯神社——その昔、日本武尊《やまとたけるのみこと》が東征の際、伊邪那岐尊《いざなぎのみこと》と伊邪那美尊《いざなみのみこと》の二神を祀った神社だ。

創建はかなり古く、本当に神話の時代まで遡るぐらいの由緒正しさだ。

神使は山犬、いわゆる日本狼だ。人の代では絶滅したと言われているが、どうやら神代の山犬は生き延びているらしい。

古来、三峯神社は眷属たる山犬の力をもって、人々の呪を払い、無病息災を祈願するはずなのに、なんで無茶なことしてるんだよ。主神が泣くぞ。

この彦司と名乗る神使、なんか昨日よりでかく見えるな。それに体の大きさに比例したこのふてぶてしい態度。

こいつら玉藻の結界を破れるくらい強いのか。

「我の結界がこやつらに破られるわけなかろう」

「昨日は、我らに対してつれない態度。本日はちと趣向を凝らして参ったところ、快く招いていただきありがたき幸せ」

彦司と名乗った山犬の神使は余裕しゃくしゃくの様で話を続ける。

「誰も招待なんぞしとらんわ、おぬしらがそのような汚い手を使うとはのう、三峯の神使も地に落ちたものじゃ」

「まあ、このたびは我らの知恵が勝ったということで」

その言葉を受けて後ろから黒い犬が一匹前に出てくる。その口には一匹の見覚えのある子猫が咥えられていた。

「雪虎！！！」

俺は叫んで縁側を駆け下りようとして、睦月に制止される。

「きゃつらの狙いは八代様にございます。ここは業腹でしょうがご自重を」

「あやつ雪虎を盾におぬしへの面会を求めおった。おぬしが雪虎を可愛がっておるのは知っておるからな。仕方なく結界を通したわい」

玉藻も腹に据えかねているのだろう。きつく握り締めたこぶしが白くなっていた。

「雪虎は関係ないだろう。すぐに放せ」

俺が叫ぶと同時に庭に昨日出会った駒菊が走り込んでくる。相当慌てている様が見て取れる。

「この山犬ども、どうして子を攫ったのだ」

「え」

駒菊の言葉に俺は驚いた。もっとも玉藻と睦月は全く驚いている様子はない。これまた、俺の知らない妖の代の事情というやつなんだろうか。果てしなく嫌な感じがしてくる。

「山犬ども、なぜに子を攫ったのか聞いておる。そこな神使と我が子は関係あるまい」

「あれ、駒菊って雪虎の、えっ、お母さん?」

俺の惚《ほう》けたような言葉に、駒菊が俺を驚いたように見た。

「まさかあの子に名をつけたの？」

駒菊が魂が抜けたかのようにぺたりと地面に座り込む。

「ふむ、知らぬは母親ばかりか」

彦司が高笑いをはさみ、続けた。

「駒菊よ、そちの子供じゃがそこが玉藻前様の神使、八代将門殿に名をつけられておる。ふふふ、つまりこやつが飼い主ということじゃ。神使殿、雪虎の身を守りたいのなら我の願いをかなえるのじゃ」

彦司がその黄色に汚れた牙をむき出しにしてうなりながら笑う。

「なんで雪虎が、だって駒菊って猫又だけど、雪虎は普通の猫じゃないか……」

「おぬしが気付かなんだから黙っておったが、あやつも立派な妖だ。しかもおぬしに名をつけてもらったであろう。このようなことになるのなら話しておけばよかった。すまぬ将門」

俺に何ができる。何をしなければならない。考えろ。

「八代殿におかれましては、霊格を上げることができるとのこと。今でこそ、伊勢や出雲、伏見や国東に遅れを取っていますが、元はといえば我らが主神こそが神の根源、その神使たる我ら山犬の一族が日の本をまとめあげるのが道理。神使殿の力をもってすれば我ら山犬の一族の悲願の達成は目前、是が非でもその力、貸してもらうぞ」

「頭も下げないでお願いかよ」

俺の叫びに彦司が雪虎を咥えた黒犬に目配せする。

「頭は下げぬがこのようなことはするぞ」

黒犬が雪虎を咥える口に力を少し加えたらしい。雪虎の身体がびくりとふるえると、黒犬の口から血がしたたり落ちる。

「玉藻、なんとかならないのか？」

これがほんとの困った時の神頼みだな、俺は自嘲する。

「ならぬな。ただでさえ神使同士の争いに神代はあまり感知せぬ。まあ、これが生死がからむとなれば主神が己が責任を取るため降臨せねばならぬが、妖の枠組みの中で動いている限りは、せいぜい妖の掟に沿うぐらいじゃ、しかもこやつ、下克上を狙っておる、いわば神代と妖の代の盲点を突いたようなものじゃ。例えばじゃが、雪虎がどうなってもよいというのなら方法はある」

「ダメだ、絶対にダメだ。そんなことはさせない」

まあ、話が通じないからこんなことになっているんだろうが、とりあえず説得を試みよう。

「彦司。俺には妖の霊格を上げる力があるかもしれないが、自分の意思で行使することはできないし、妖狐以外にできるかと言われればわからないんだ。ましてや、どんな状況で発現するのかでさえ不明。無体な真似はどうかやめてほしい」

俺は、頭を下げる。

下げつつも相手を観察しつつ、隙を探し、考えを巡らす。

「神使殿、我ら一族は、誇り高き山犬。さあ、我と共に来ていただけるなら、この子はすぐにでも放そう。何、方法がわからん？　狐にできたのじゃ。我ら山犬にもかけられるはず。時間はある。ゆっくりと我が一族のためにその力とその命捧げていただこう。人の代にて我ら一族を滅ぼした人間が、我に力をと思うと笑いが止まらん。とうとう人が、人間が我の糧となるのだ。この日の本を支配するのは人ではない、我ら山犬の一族なのじゃ」

俺の心は千々に乱れ、何かどす黒いものが湧き上がってくる。

――なぜ弱いものが我慢しなければならないのだ。力あるものがこの世のすべてなのか。権威がすべてなのか――。

あれ？　俺、何を考えてた……。

「呑まれるではない、将門！」

遠くから、玉藻の叱責の声が響く。

呑まれる？　いや違う、これが俺だ。

――山犬どもも、力を行使するならそれなりに覚悟はあるだろう。それこそ、自分の命を対価にしてでもとな――。

俺は、顔を上げた。

「彦司殿、あいわかった。しかしこの恰好ではしまりがない。どうか仕度を整える時間をいただきたい」

俺は踵を返し、部屋に戻ると箪笥から白衣と浅葱色の袴、白の足袋を身に着ける。寝ぐせのひどい髪を整髪料で押さえつけると、洗面所の棚からオーデコロン、脇の戸棚からフェイスタオルを取り出すと衣の懐にしまい込んだ。

「待たせたな」

心にもない言葉を吐きながら、俺は縁側の沓脱石におかれていた草履を履き、彦司に近づく。

「ひどい匂いがするな」

「すまないな、寝ぐせを直すのに整髪料を使ったんだ。まあ、お前ら妖は鼻がいいんだっけ、まあ、このぐらいは我慢してくれ」

俺は愛想笑いを浮かべながら、彦司と話す。後で玉藻や睦月に聞くとこの時の俺は、玉藻でさえドン引きするぐらいの笑顔だったらしい。

雪虎を咥えた黒犬が庭の飛び石の上に差し掛かった時、俺は懐からタオルとオーデコロンを取り出すとタオルを駒菊に渡してから、雪虎を咥えた黒犬の鼻先の飛び石に、オーデコロンの瓶を叩きつけた。

この匂い、十分に味わうがいい。

黒犬は雪虎を振り放すと、鼻先を押さえ転げまわる。

俺は雪虎の着地点に滑り込み、両手でキャッチした。

彦司も前足で頭を抱えて鼻を覆っている。玉藻と睦月はそれぞれ服の裾で鼻を覆いつつ、犬たちのわき腹を蹴り飛ばす。おおう、塀の外まで飛んでいったぞ。

手の中で震えている雪虎を確認したが、それほど深い傷を負っているようではなさそうだ。俺は、雪虎を巻き込んだ自分と彦司を激しく呪った。

「もう二度とこんな目に遭わせないからな」

俺は誓う。

駒菊はタオルを器用に顔下半分に巻くと、俺に駆け寄ってきた。俺から雪虎を受け取った駒菊に、玉藻と睦月が寄りそう。

そして、玉藻、睦月、駒菊、雪虎の姿が掻き消えた。

——玉藻と睦月は、俺の考えを読める。

なら、それを利用すればいい。俺は心の中で段取りを考えたのだ。

俺は山犬どもの鼻を潰して雪虎を助ける。

取り巻きの黒犬どもは玉藻と睦月で片付け、助けた雪虎と駒菊はそのまま俺の実家のお社へ退避する。

その後、玉藻が戻ってきて、ムカつく彦司をボコるという算段だ。

だが、玉藻と睦月に読ませるのはここまで。この先を読まれるわけにはいかない。

息も絶え絶えな彦司が、俺を睨みつけてくる。

俺の息も荒い。

「おぬし、人にしては思い切りがいいのう。まさか、我が一族の自慢の鼻がこのように逆手に取られるとは思わなんだ。しかしおぬしの考えなど読めておるわ。どうせ主人たる化け狐が駆けつけるのを待っておるのだろう。そのような隙は与えはしないわ。おぬしを引きずってでも三峯の結界に連れ込んでしまえば我の勝ちだ」

彦司はひと吠えすると俺を威嚇する。俺は自分の首の前に腕を出し、彦司を誘う。

「ふむ、腕一つ犠牲にしてでも時間を稼ごうなどと小賢しい考えにもほどがある。やはり人間は底が浅いわ。我が牙にてその腕引きちぎってくれるわ」

彦司は俺に向かって跳躍し、腕に噛み付こうとする。

大きく開いた彦司の口から牙の一本一本までが、はっきりと見えた。俺は腕を下ろして、顎門の前に自分の喉元を晒す。

彦司の目が驚愕に歪むが、その勢いは止められない。

次の瞬間、俺の喉元に激痛が走り、仰向けに倒れ込んだ。

目を開けると俺の顔を惚けた顔の彦司が覗き込んでいる。その口元は真っ赤に染まっていた。

あれ、俺の血なんだろうな。鼻、口と錆び付いた匂いの水が、いやこれは俺の血か、むせかえるたびに喉元に痛みが走り、空気が抜けるような音がする。

「おぬし、わざと、我に……」

ザマアミロと言葉にしようとしたが、自分の喉元から血が飛び散るのが見えただけだった。

だが、俺にだって意地はある。権威には権威を、力には力を、まあ神代版ハンムラビ法典といったところか。

玉藻は言った。神使が神使を害するくらいではなんともないが、その生死にかかわることになると主神が出てくると。

なら出てきてもらおうじゃないか、伊邪那岐尊と伊弉冉尊に。

そして、彦司には思う存分、責任を取ってもらおうじゃないか。神代での責任とやらを。

最後の心に浮かんだのは家族の顔ではなく、玉藻と睦月の顔だった。


「おぬしはたわけか」

目覚めた俺に開口一番、玉藻の罵声が浴びせられる。

「八代様のお考えを汲むことができず、この睦月、誠に申し訳ありませんでした」

右から涙ぐむ睦月が俺の右手を握りながら謝罪する。

慌てて左手で喉元に手をやるがなんともない。それなのに俺はどうやら布団に寝かされているらしい。慌てて飛び起きる。確か、スプラッタのごとくパックリ喉元噛みちぎられていたはずなのに。

俺は谷中の家の自分の部屋に寝かされていた。俺の枕元には玉藻が、右手には睦月が、左手には猫又の駒菊とその子である雪虎が座っている。

俺が体を起こそうとすると睦月が支えてくれる。

「って、あれ、俺、彦司にがぶりとやられたよね」

「だからおぬしはたわけかと言うておる。誰が、身を挺してまで対応しろと言うたか。我も相当な無茶をしておるという自覚があるが、おぬしの場合はそれをはるかに超えておる」

玉藻よ、あれで自覚があったのかよ。俺は今までの玉藻の数々の所業を思い浮かべる。

「我のことなどどうでもいい。おぬし、片足どころか半身、黄泉路に突っ込んでおったのじゃぞ。黄泉比良坂《よもつひらさか》まで足を踏み入れて帰ってきた人間なぞ、おぬし以外おらんわ」

俺の茶化したような考え読んだ玉藻が俺を怒鳴りつける。

俺は身体を見まわすが、いつの間に着せ替えられたのかいつもの浴衣だ。血の染みも見当たらず、喉元に手をやってペタペタ触るがなんともない。

「わかっておらぬな。仏の世界でいえばおぬしは三途の川を渡ったところから戻ってきたようなものじゃ。それに、自分の命をつこうとは、なんという大胆不敵、傲岸不遜、後先顧みない行動をしておるのじゃ。おぬしは命というものをどのように考えておるのじゃ。我のように尾に準じて九つの命を持っているわけではないのだぞ。ただ一つの命、なぜかように粗末に扱えるのじゃ」

「おお、雪虎。無事だったようだな。けがをしたようだったが、大丈夫か？」

俺は玉藻の言を聞き流すと、雪虎に声をかける。

「我の言葉、無視？」

玉藻は俺の浴衣の襟首を掴むと前後に振り始める。

雪虎はそんなコントを繰り広げる俺と玉藻、そして脇の駒菊を交互に見ると、軽く頭を下げる。

「このたびは、我が窮地を玉藻前様の第一神使たる八代将門様にお助けいただき誠にありがとうございます」

おおう、雪虎がしゃべった。

そういえば、彦司が雪虎を妖と言っていたのを思い出す。

「その、まあ、山犬どもに襲われたきっかけはあんたなんだけど、この子……雪虎の命を救ってくれたのは事実だし、その、ちょっとは感謝してるわ」

駒菊も二本の尻尾を床につけながら殊勝な言葉をかけてくる。うむ、ちょっと面はゆい。

「でもね、この子に名前を付けたっていうのは、いただけないわね」

駒菊が少々剣呑な口調で言う。

「あなた、妖に名前を付けることの意味をわかっていて、この子に名前を付けたの？」

いや、その……俺は助けを求めて玉藻を見つめた。

「駒菊や、その点は我がうかつであった。こやつが雪虎に名を与えた時、我はその場におったのじゃ。じゃが、将門はしょせん人間、そして我が庇護するべき存在。此度の事態、我の不注意が招いたことじゃ、将門に代わって謝る。このとおりじゃ」

玉藻が駒菊に対して頭を下げる。

「玉藻様、頭をお上げください」

雪虎が慌てて言う。

「母上もおやめください。僕も八代様に感謝こそすれ、謝られる筋合いはございません。あの山犬どもにかどわかされたのも僕が未熟だったせいにございます」

おおう、なんと礼儀正しいんだ。睦月や雪虎を見てると神代って歳を得るたびに礼儀とか自制とかを忘れていくんじゃないかと疑いたくなる。玉藻や彦司、笠間や王子の神使のことを考えると頭が痛くなってきた。

「頭が痛いのは我のほうじゃ。おぬし、名を与えることの意味を軽くどころか全くわかっておらぬじゃろう」

いや、だってそれ教わっていないよね。

玉藻が睦月を眷属にした時や、出世稲荷神社の六郎太が七郎太に名前を付けたのは聞いているけど、その意味までは聞いていないし。だいたい、雪虎が妖なんてわかるわけないだろうが。

「おぬし、こやつに話しかけておったじゃろうに、こやつが人の言葉を解することに気付いておらなんだのか」

「そりゃ、多少は物わかりのよい猫だとは思っていたけど……」

玉藻と睦月が神妙な顔つきでお互いを見る。

「それはそれとして、玉藻様、八代様に名を与えることの意味についてお教えしなかったのですか？」

睦月の問いに玉藻が人差し指をチクチクと始める。

「いや、神代の理《ことわり》とていくらでもあるじゃろう。まあ、おいおい教えていこうと思った矢先にこやつが現れてのう。将門もかように妖との関わりや理を実地で学んでいけばよいかと思うてのう」

「で、本音は」

問い詰めるような口調になってしまったのは仕方があるまい。

「面白そうだったからじゃ」

やはり玉藻は平常運転だった。

「八代様、名前をつけるというのはそのものを庇護する、いわばすべての面倒を見ることを宣言することなのです。私は玉藻様に新たに名をつけられ、その庇護の下、神使として、眷属としての仕事に励んでおります。八代様が名を与えた雪虎も同様にございます。以後、八代様は雪虎を庇護する責任が生じますし、雪虎も八代様を主として妖として従わねばなりません。ただの人がただの猫を飼うのとは違います。名をつけられた雪虎は今後八代様の想いを受けて行動し、その想いを糧として妖の成長を重ねます。神代にて名を与えるというのはかように重いものなのです」

睦月が説明してくれた。

「なら、大丈夫だって、俺が、こんなことに巻き込んだんだ。きちんと雪虎の面倒は見るって」

俺は胸を叩く。

「いや、おぬし、睦月の話をきちんと聞いておったのか？　ことの重大さをわかって返事をしているわけではあるまい」

「八代様、面倒を見るといっても……」

　玉藻と睦月が不安げに口を出してくる。

「ねえ、じゃれあうのもいいけど、そろそろ話を進めない？」

　長くなりそうな気配を感じたのか、駒菊があきれた口調で、釘をさしてくる。

「あなたがただの人間じゃないことは、力のことを聞いてわかっていたつもりだけど、あの山犬とやりあって血まみれになるほどの大けがを負ったのに、なんでそんなにすぐに治っているの？」

　いや、そういえば確かに喉元を……。俺はあの牙の感触を思い出し、顔を真っ青にする。

「おぬしな、ひどい有様じゃったのじゃ。われと睦月も戻ってきておぬしを見た瞬間、これは助からんと思ったぐらいじゃ。加護で治せる範囲を超えておったのじゃ。すでに魂も黄泉比良坂へ向かっておったしのう。それが、突然息を吹き返したかと思えば、傷が治っていく。何ものかがどのような加護を与えたかと疑ってはみたが、加護の力など微塵も感じられん。伊邪那美が黄泉比良坂に足を踏み入れた魂を手放すなど考えられん、おぬしの魂はいったいどのようなつくりをしておるのじゃ……かような……」

　玉藻がだんだんと興奮してきた。いや、魂のつくりなんて俺にわかるわけないよね。

「玉藻様、それ以上は……」

睦月が興奮した玉藻をなだめる。

「そういえば、山犬どもは？」

もとはといえばあいつらのせいだ。俺を噛み殺そうとした後どうなったんだろう。

玉藻と睦月が目配せをしあう。あれ、何か俺に隠し事？

「おぬしに手を出したことを主神たる伊弉諾尊に知られてな。伊弉諾尊が隠居している淡路の幽宮《かくりのみや》から三峯神社にきつい仕置きの言葉がかけられたらしい。山犬どもに関してはもうおぬしには手を出すことはあるまい」

ふーん、俺としてはもう少し具体的に聞きたかったのだが。俺を殺そうとしておいてなんの仕置きもないなんて、かなり腹が立つな。

「結果としておぬしは無事じゃったのじゃ。それだけでも僥倖《ぎょうこう》とするべきじゃな」

「山犬には、伊弉諾尊から苛烈な仕置きがなされると聞いております。ここは」

玉藻と睦月が口々に慌てて言う。いや、まあ、そういうことなら。

「それより、ここを出ていかなければならないって話、どうしよう」

俺の言葉に玉藻は笑い、睦月と駒菊、雪虎は困ったような顔をする。うむ、猫でも困ったような表情って見てわかるもんだな。俺は変なところで感心する。

「その話なんだけど……」

駒菊が歯切れ悪く話し始める。

「あの時はあんなこと言ったけど、ちょっと事情が変わったのよ」

「でも、追い払ったのは三峯神社の山犬だけだろう。山犬には俺たちに手出し無用の触れが出たかもしれないが、他の神使たちや在野の妖は相変わらず押し寄せてくるんだろう」

何も状況は変わっていないはずだ。なぜか俺が大怪我までして山犬を追い返したにもかかわらずだ。

そういえば、俺の怪我、いったいどうして治っているのだろう。

……あれ、俺、なに冷静に受け止めているんだ。これ結構どころかかなり重要なことじゃないか？

「いえね、あたしもさすがに恩知らずとか言われるのは心外なわけよ。まがりなりにもこの子の飼い主になったわけだし……まあ、あたしたちは勝手気ままだけど縄張りっていうのがあるから、この子を連れて行ってくれても問題はなかったんだけどさ……でも」

だ――――っ！　はっきり言ってくれよ。

「雪虎よ、将門に見せてみい」

玉藻が笑顔で雪虎を促すと雪虎が器用に立ち上がり、雉虎の尾を振り始める。

あれ、俺は見間違いかと思って目をこするが、目の前の光景は変わることはない。

一本、二本。一本、二本。一本、二本。大事なことなので、三回数えました。

「えええええええええええええ、雪虎の尻尾も増えてる！！！！！」

俺は絶叫した。

「半人前どころか生まれたばかりの妖が、立派な猫又じゃ。おぬし、彦司に言うておうたろう。妖狐以外にかような真似をできるかわからんと。これで証明されたわい。妖狐だけでなく、妖猫にも力を行使することが可能だと」

玉藻やめてくれ、そこそんなどや顔で言うセリフじゃないだろう。

「わが子に加護を与えてくれた恩人を追い出したら、それこそ妖の仁義というものが立たないわ。あたしたち猫は気ままで自分勝手だけど誇り高くあれというのが一族の座右の銘なのよ」

「じゃあ、ここを出ていくってのは」

俺は一縷《いちる》の望みを託して駒菊に尋ねた。

「なしよ。ただ……」

まさかの条件付き。

「ただ？」

「妖がここに殺到することは変わりないわ。それはやっぱり困るのよ。それであなたが寝ている間にこちらのお狐さまと話し合ったんだけど、あなたには妖の元締めと話をしてもらいたいの」

妖の元締めって京都にいて、玉藻が日本に来た時にやりあったっていう妖だよな。

どんどん話大きくなっているよね。これどう収拾つけるのよ。

「いや、話し合ってどうすんだよ」

「日の本中の妖にあなた、いえあなたたちに手出し無用のお触書を出してもらうのよ。そうすれば在野の妖はもうここに殺到することはなくなるわ」

「そこが化け猫の言うことももっともでな。まあ、今さら都に行っても我を追い出したものもすでに黄泉路じゃ。おぬしを伏見の本山に連れていって正式な神使として認めさせれば、日の本中の神使がここに押し掛けることはなくなるじゃろう」

玉藻が駒菊の言うことに賛同の意を表す。

ただの人間に妖怪の親玉と狐の神様と交渉しろと。一般人に何を求めているんだよ。

「神代にどっぷりつかり、妖の霊格を上げるだけにとどまらず、それを従えているうえに、かような大けがを負おうにも黄泉比良坂から引き返してくるような奴をもはや一般人とは呼べんわ」

「いや、玉藻、それは思っていても言っちゃいけないよね……」

俺はがっくりとうなだれた。

「して、化け猫よ。いまだに元締めは覚猷坊《かくゆうぼう》が務めておるのか」

玉藻が嫌そうな顔をしながら、駒菊に尋ねる。

「お狐さまは神代の世界に上ってからは妖の世界には疎くなってしまったようね。今では覚猷坊様の息子の義円坊《ぎえんぼう》様が務めているわ。まあ、覚猷坊様もご意見番として時たま顔をお見せになるけど」

「覚猷坊は健在なのか」

玉藻は肩を落としつつ、質問を続けた。

「化け猫よ、手配はどうするのじゃ」

「お狐さまたちは伏見の本山に行くのでしょ？　なら都、ああ今は京都っていうのよ。あちらで会えるように手配はするわ。元締めと話してから伏見に向かうといいわ」

「それはありがたいが、この将門を連れて都を歩き回るのは、話のついていない状況だと、とてもじゃないが危なくて仕方がないぞ。都は怪しきところばかりじゃ、過日の根津の階段や三浦坂のように将門を狙う妖に呪を仕掛けられたらどうするのじゃ」

玉藻の心配に睦月が頷きながら同意する。

「どうせ、お狐さまたちも一緒に行くんでしょ。あなたはまだ神代を通じてあちこち移動できないようだから、当然、京都までは新幹線あたりで移動するんだろうけど」

妖でも、新幹線とか知っているんだ。

「失礼ね。あたしたち猫は人に寄り添ってこその一族よ。人の代の常識と知識くらいは身に着けているわよ。そこがお狐さまと違ってね」

玉藻は悔しそうな表情を浮かべているが反論できないところをみると図星らしい。

「京都の駅からなるべく近いところをお願いしてみるわ。短時間の移動ならお狐さまたちでも十分、あなたを守れるでしょうしね。元締めとの話し合いが終わったらその足で、伏見の本山へ向かえばいいわ」

こうして、初午《はつうま》でもないのに俺の稲荷詣でが決まった。

――人の代に戻った私たちの前に広がっていたのは、凄惨な光景だった。

神使姿の八代様が庭で仁王立ちになっている。

後ろ姿だが、微動だにしていない。

そして八代様の前には血まみれの山犬が転がっている。

その前脚と後ろ脚はあらぬほうに曲がっているうえ、尾は引きちぎられたらしく途中で切れており、口から泡を吹いて荒い息遣いだ。

これ……八代様がなさったことなの……。

「将門」

玉藻様の声に、八代様が振り向く。

私はその姿に息をのむ。隣の玉藻様も一瞬、身体をこわばらせたのがわかった。

八代様の本当は白い衣と浅葱色の袴は、前の部分がどす黒く染まっており、その色の元は八代様の喉元から流れ出ている血だった。

喉元は大きく噛みちぎられ、そこからヒューヒューという音と血が、脈に合わせて流れ出ている。

「玉藻前か、久しいな」

八代様から八代様ではない声が響いてきた。八代様は口も動かしていないのに野太い声が発せられている。

「玉藻前よ、おぬしは神使にどのような教育をしておるのじゃ。こやつちと無茶をしすぎる。おかげでこの有様じゃ」

八代様がぱっくりと開いた喉元を指し示す。その手も傷だらけで、山犬の牙らしきものが刺さっているのが見える。

「おぬしがなぜこやつの身体の中におる。将門の魂はどこにいったのじゃ」

「何をいうか我、将門じゃぞ」

そう言うと八代様はにやりと笑った。それは血にまみれた人間離れした凄絶な笑みだった。

「まあ、今回は我が助けたが、今後はこのようなことがないようにようく躾《しつけ》ておけ」

八代様が腕を一振りする。血が飛び散り、庭に一筋の赤い線が引かれる。

「我もたいがいな無茶をしたが、ここまで自らの命を軽んじることはなかったわ。それにのう、こやつ無意識のうちに我の記憶と力を使っている時があるな。今回もこめかみはしっかりと守っておったわ」

「将門公」

私の声に八代様、いや将門公が視線を私に飛ばす。

「ふむ、話に聞いておる屋敷守の神使か。どうじゃ我が憎いじゃろう。よいぞ憎しみの力は、それこそが唯一無二の神力よ」

「いい加減、将門を返してもらおう」

玉藻様が苦々しげに言う。

「つれないのう、同じ、都憎しで神籍を得たもの同士じゃろうに。まあよい、こやつにもう少し御身を大切に扱えと言うておけ」

将門公が再び腕を一振りすると、手の傷から牙が抜け、喉元の傷も見る間にふさがっていった。

傷が癒えると同時に八代様が崩れ落ちる。

今まで金縛りのように固まっていた私と玉藻様が慌てて八代様に駆け寄り、衣が血で汚れるのも構わず二人で抱き起こした。

顔や手足も血にまみれているが、浅いながらも呼吸しているのがわかる。

「睦月、将門を奥へ運ぶぞ」

私は安堵で胸をなでおろしたのだった――。

第四章

お狐さまと食べ歩き

Okitsunesama to Tabearuki

04

伏見稲荷大社――日本の稲荷神社のトップに君臨するこの神社。玉藻の神使となった俺が、一度は挨拶に行かねばならない場所だということは知っていた。

いや、むしろ正式な神使となるためには、最優先すべき神社だった。が、いろんなことが一気にありすぎて、完全に後回しになっていたのが現状だ。

その伏見稲荷詣が急遽、決定。

乗り気とは言い難い玉藻から、プラン作成を丸投げされたのは、俺と駒菊だった。

「義円坊様につなぎをとったわ。こちらの騒ぎのことは知っているらしく、根掘り葉掘りあなたのことを聞かれたわよ」

駒菊はさっそく連絡を取ってくれ、面会の約束を決めてきた。

「化け猫よ、先方にうかつなことは話しておらぬじゃろうな」

玉藻が駒菊に釘をさす。

「失礼ね。あたしだって我が子が可愛いわ。その飼い主を貶めるようなことはしないわよ」

「ならいいのじゃが」

「あなたたちの、あまり京の都をうろつきたくないって希望は向こうも承知したわ。いろいろ検討した結果、場所は渉成園《しょうせいえん》に決めたわよ」

修学旅行ぐらいでしか京都に行ったことがない俺は、京都駅の近くといえば、東本願寺、西本願寺、ちょっと離れて東寺か三十三間堂ぐらいしかわからない。

「それって、どこだ？」

「我が都にいた時は、そのようなところはなかったが……」

俺の疑問と玉藻の問いに駒菊が説明してくれた。

渉成園——京都の駅前にある東本願寺の飛び地境内で、京都駅からは歩いて十分ほど。江戸時代に徳川幕府三代将軍徳川家光公が寄進した池泉回遊式庭園とのことだ。周囲に枳殻《からたち》が植えられていたため、枳殻邸《きこくてい》とも呼ばれているらしい。

妖の元締めとの会談場所が、寺。

どのようなことになるのだろう。ちょっと興味がわく。

「あそこなら駅からすぐだし、道中に呪を仕掛けておける場所とかがないのは確認済みよ」

さすが古都京都、怪しいところが数多くあるようだ。

「将門、場所はわかるのか」

俺は頷く。ガイドマップかグーグル先生を見れば大丈夫だろう。

「我も神泉苑《しんせんえん》なら知っておるのじゃが、渉成園とやらは聞いたことがない。しばらく訪れん間に京の都もだいぶ様変わりしたようじゃのう」

玉藻が感慨深げに言う。どことなく寂しそうな口調だった。

「玉藻は、京の都が憎いと言っていたけど……その、無理しなくていいぞ。伏見の本山にはもちろん一緒に行ってもらうけど、京都なら俺と睦月だけでも大丈夫だ。な、睦月？」

「はい。私も、かように短い距離と時間でしたら、玉藻様のお手を煩わせることなく八代様をお守りすることができます」

玉藻は俺と睦月の提案を聞き、その長いまつ毛を軽く伏せた。

「心配をかけてすまぬな。だが、慣れぬ気をまわすではない。確かに、我は都を追われ、かの地を憎んだ。じゃが、我を追い立てた陰陽師も検非違使もすでにこの世にはおらぬ。これも良い機会じゃ。このたび都へ戻ることにより、我が恨みの心を調伏《ちょうぶく》しようぞ」

言い終えた玉藻は、憑き物が落ちたようなさっぱりした顔をしている。

その表情から、もう大丈夫。そう思うことにした。

では俺の役目は……京都駅周辺で玉藻の元気の源、美味しいものを探すことだな。あのあたりはランチ、スイーツ、おもたせ、なんでもござれのはずだ。

「お狐さまが決心したところで申し訳ないんだけど、今回は義円坊様だけじゃなく覚猷坊様もいらっしゃるそうよ」

駒菊の言葉に、玉藻が苦虫をつぶしたような顔になり、固まってしまう。心なしか駒菊は面白がっている表情だ。

「いや、そこは、ちと、心の準備が……」

あたふたし始める玉藻。テンション高めだが、あまり動揺することがない玉藻にしては、珍しい反応だ。

状況がわからない俺と睦月は、顔を見合わせる。

「玉藻様、妖の覚猷坊様と何か因縁でも？」

睦月、ナイスな質問。俺の聞けないことを平然と聞けるあたり大したものだ。

「ふふふふふ」

駒菊が含み笑いをしながら、爆弾を投下する。

「お狐さまと覚猷坊様は昔、付き合ってたのさ」

「「えぇぇぇぇぇぇぇぇ！」」

俺と睦月の叫びがこだました。

その後、玉藻は俺と睦月がどんなに尋ねても、詳しいことは教えてくれず、しまいには逆切れして実家のお社にこもってしまった。

俺たちだって興味本位で聞いたわけではない。

いや、微塵もないとはいえないが、会談相手が主神の昔の恋人。それも何やらワケありっぽい、となれば、事前にある程度の経緯は知っておきたい。

　そうすれば少なくとも、地雷を踏み抜くようなことはしないですむからだ。

　だって、覚猷坊の名を聞いたときの玉藻の反応。あれは絶対、なんかあるだろう。

「睦月、知っていたのか？」

「いえ、私が生を受ける前のお話ですので……」

　そりゃそうか。


　翌日、俺たちは人で溢れる東京駅構内にいた。

「将門、こちらから芳ばしい香りがするのじゃ、はようはよう」

　俺と睦月は顔を見合わせて、思わず笑顔になった。

　あれほど逆ギレしていたのに、美味しいものの前ではこの元気さ。うちの主神は本当に食いしん坊だ。

　だが、主神の面倒を見るのは神使の務め。

　俺は両の頬をパチンと叩くと、人混みにまだ慣れていない睦月が迷子にならないよう、その手をとって、玉藻の後を追った。

玉藻が鼻を引くつかせながらたどり着いていたのは、丸の内南口改札内にある『プレスバターサンド』。

さっくりとしたクッキーでキャラメルクリームを包み込んだ、店名と同じ名のお菓子で有名な店だ。

おしゃれなデザインの箱に詰められた持ち帰り用とは別に、その場で焼きたてを買うこともできるが、これは一人四個までの制限がある。両方共に人気商品のため、混雑している時は、持ち帰り用と焼き立て用の待機列が2本作られることもある。

さいわい今日はそれほどの行列もなく、焼きたてを三人分、計十二個買うことができた。平日って素晴らしい。

我慢とは無縁の玉藻は、さっそくその場で食べ始める。

「ふむ、根幹をなすのは食感じゃな。ほろほろと崩れるクッキー生地にふんわりとしたクリーム、ねっとりとしたキャラメルソース、これらを一気に口の中で解き放つことにより、この美味しさが成立しているのか。統一感を持たせるために、生地、クリームともにバターを大量に使こうておる」

玉藻、なんとか雄山のごとき解説ありがとう。

話しながらも、あっという間に消えていく四個のプレスバターサンド。相変わらず、理解できないスピードだ。

「あちらからも、よい匂いがするのじゃ」

またもや鼻を効かせた玉藻が、コンコースを挟んで向かい側にある店、『ニューヨークパーフェクトチーズ』へ向かう。

食べものに関しては本当にフリーダムだな、うちのご主人様は。まあ、俺も人のことは言えないわけだが。

本日、二軒目の『ニューヨークパーフェクトチーズ』。

この店も、さきほどの『プレスバターサンド』と並ぶ、昨今の東京土産の最人気ショップだ。

さっくりしたラングドシャに包まれたクリームとチーズ。使われているチーズが、万人受けするチェダーというところも心憎いバランス。

しかも、これが買えるのはエキナカという便利さがすごい。ちょっと前までの俺の東京土産は、大丸で買った『マミーズ・アン・スリール』のアップルパイが定番だったのだが、最近はこのアクセスの楽さもあって、ニューヨークパーフェクトチーズとプレスバターサンドを選ぶことが増えてきた。

……しまった。

玉藻のエキナカスイーツ食べ歩きのせいで、弁当を買う時間が押している。

が、できる神使である俺はこんなこともあろうかと、事前に買う弁当を決めていた。

今日のセレクションは俺が『崎陽軒』のシウマイ弁当、玉藻には賛否両論弁当、睦月にはチキン弁当だ。

個々の趣味嗜好と合わせたベストチョイスだと自負している。ただこの弁当セレクション、販売場所がバラバラで一か所の店舗で買うことができないのが難点だ。

弁当に合わせた飲み物――ジャスミンティー、ほうじ茶、麦茶のペットボトルを買い込んで、のぞみに乗り込む。

席は奮発してグリーン席。どうなるかわからない会談の前はゆったり過ごしたかったのと、玉藻の帰郷？を最上の状態で整えたかったのだ。今はなくなってしまったグリーン個室が現役だったなら、俺は食べ歩きの回数を減らしてでも、その席を押さえたと思う。そのくらい、京都行きが決まってからの玉藻は、いつもと違っていた。

……しかしグリーン車、これはいいな。

席幅が通常よりゆったりしていて、シートそのものが良質で座り心地がよいのはもちろんだが、静かで落ち着ける雰囲気が素晴らしい。金髪美女と黒髪少女、そしてよくわからない若者（＝俺）という微妙な組み合わせの俺たちでも、ジロジロ見られない、というのがなんといってもよい。

これは、次も無理してでもグリーン車かな。そんなことを、心の中で決める。

人間一度上のクラスの体験をしてしまうとなかなか下に戻ることができないものだ。

まあ特上うな重食べたら並のうな重に戻れないのと同じだ。

「ほう！　この弁当は、なかなかに凝っているのじゃ。飯は鯛めしとこちらはなんであろう？」

「それはちりめん山椒だ。この弁当のちりめん山椒は山椒の香りが控えめなのがまたいいんだ。それとその弁当は卵焼きがうまいぞ」

俺の言葉に玉藻が卵焼きを取り上げると口に運ぶ。

「うむ、確かに、上品な出汁の味がほのかに香るのじゃ」

「弁当を開けた時にお品書きが入っていたろう。それを見ながら食べるといいぞ」

俺の言葉に二人は、わきによけていたお品書きを見ながら、弁当を突っつき始めた。

しばらく大人しく食べていた二人だが――、

「この鴨ロースは絶品なのじゃが、どうしてこのように量が少ないのか」

玉藻が悔しそうに箸を握り締めた。一品の量は少なくとも、少しずつ全体のバランスを楽しむのも、お弁当の醍醐味だと思うのだが、この食いしん坊はそこは受け入れがたいらしい。

「八代様、このチキン弁当なるものも大変美味しいです。しかしこの唐揚げが四個というのは少ないと思います」

睦月もチキンライスを絶賛しながらも、クレームをつけてきた。

そりゃそうだ、なにせ五十年以上の歴史を誇り、今上陛下もお気に入りという弁当だからな。睦月、嬉しそうだけど口元、ケチャップで汚れているから。

ちなみにこのチキン弁当、ちゃんとレモン汁がついているので、唐揚げにレモン果汁をかけるか、かけないかの人類史上の永遠の対立を見事に回避している。ちなみに俺はかける派で、睦月はかけない派だった。

「まあ、量については我慢してくれ。京都に着いたら、甘いものを食べに行くからな。渉成園に行く前にちょっと気合を入れよう」

甘味で玉藻と睦月のモチベーションが上がるなら安いものだ。ちなみに俺のテンションも上がるから一挙両得だ。

二人をなだめつつ食事を終えたら、もう静岡だった。車窓から見える富士山にテンションがあがる睦月。写真では見たことがあるが、実物は初めてだそうだ。

きれいに晴れた青空に、少しばかりの残雪を載せた富士山が映えて、俺の目にも美しく見える。

窓に額をつけんばかりに、富士山に見入っている二人をそのままにしておき、俺はゴミを捨てにいくことにした。

途中、車内販売のワゴンとすれ違う。飲み物を補充しておくか、と思いつつ、ワゴンをとめた俺は、あるものに目をつけた。さっそく三つ購入する。

さっきはああ言ったが、このくらいはよしとしよう。

席に戻った俺は、購入した品々をテーブルの上に置き、玉藻に話しかける。

「玉藻、話しづらいのはわかるんだが、これから会う義円坊と覚猷坊、特に覚猷坊については昔、いろいろあったっていうのは聞いている。これからの交渉の材料になるかもしれないから、そこら辺の事情を話してくれないか？」

「……」

「玉藻、どうしても言いたくないか？」

「………」

だんまりを押し通すつもりのようだ。仕方ない、作戦決行だ。

例のブツを意味ありげに手に取り、ゆっくり眺めながら俺は言ってみた。

「そうだよな、言いにくいよな。じゃあ……仕方ないな」

「…………それは、なんじゃ」

「何が？」

「おぬしが、手に持っているそれじゃ」

「これは、新幹線名物のアイスだ」

「我によこすのじゃ」

「いや、これはまだあげられない」

「まだ？」

「そう、まだ」

「……………………まあ仕方あるまい。どのみち覚猷坊に会えばわかることじゃし、将門と睦月も知っておればそれなりの態度を取れるであろう」

玉藻は、車窓から外の景色をけだるげに見ながら話しはじめる。

なに、雰囲気作っちゃってるの。アイス食べたいだけだろうに、と思いつつ、俺は話を促した。

しかし作戦成功は嬉しいが、この食いしん坊っぷりは残念だなぁ。

「我が大陸から来たのは話したことがあろう」

「ああ、あれだろう。殷王朝や周王朝で傾国の美女っぷりを発揮して大陸にいられなくなって日本に渡ってきたって話だよな」

俺は以前、玉藻から聞いた話を思い出す。

「遣唐使に便乗して日本にやってきたんだっけ」

「うむ、あの船酔いというものにはちと悩まされたがな」

玉藻は船酔いするタイプなのか。ってそれぐらい妖力でなんとかならなかったのだろうか。ツッコミは話を中断しかねないので、心の中で入れておくだけにする。

「日の本に渡り、九州の地太宰府で暮らしておったのだが、しばらくたった時に一人の男《おのこ》と出会ってな。それが今の天神公——菅原道真公じゃ。天神公は人の時から我ら妖に偏見を持つことなく接してくれてな、日の本の作法やしきたりを教えてくれたのじゃが、知り合って彼は三年ほどで身まかってしまったのじゃ。最後に我に都への恨みを晴らしてほしいと頼み込んできてのう。世話になった手前、無下にもできず。それで我も都へとのぼったというわけじゃ」

菅原道真公が人の代にいるときからの知り合いだったとは驚いた。玉藻が俺の大学関係の依頼をしたと以前言っていたが、そんなに深い付き合いなのか。

「それで、覚猷坊はどうからんでくるんだ」

「将門、知っておるか。当時の都はそれはそれは魑魅魍魎《ちみもうりょう》が跋扈《ばっこ》していてな。歩けば呪に、石を投げれば妖にあたるというぐらいのところじゃった」

俺、現在の生まれでよかった。そんなところ怖くて歩けない。

「まあ、それでも我の力に太刀打ちできるような妖はおらなんだ。あちこちの妖を締め上げておったら日の本の妖を束ねる覚猷坊が現れてのう。我に勝負を挑んできたのじゃ。むろん我はその挑戦を受けた」

おっいよいよ本題か。しかしなんか少年マンガのような展開だな。

「しかし戦いにやってきたあやつは、いきなり我を口説き始めてな。……まあいろいろあって結局、覚猷坊が日の本の妖は我に手出し無用の触れを出したのじゃ」

いろいろって何！　そこが大切なんじゃないの？

「玉藻、その――」

「覚猷坊を通じて都の闇の部分を操るのもよかったのじゃが、宮中では、それは美味なるものが食べられると聞いてな。道真公の遺言もあることだし、ちと変化の術をもちいて宗仁を籠絡《ろうらく》して、名実ともに表と裏から都を操ったのじゃ。思えばあれが我の妖としての絶頂期であったな」

玉藻は俺に問いかけをスルー。うっとりとした表情で昔の栄華に思いを馳せはじめてしまった。

しかし、昔の美味しいものってどんなんだろう。実際に食べたことがある人から話を聞くことなんて、普通なら絶対に無理な貴重な機会だ。でも、本題がなぁ……。

「その話は後ほどうかがいます」

睦月が容赦なくぶった切って、玉藻を現実にひきずり戻す。心なしか最近睦月も玉藻に容赦がなくなってきたな。俺の口調のせいとか、力をつけたからとかが理由じゃないよな。

「玉藻様は、どうして都を追い出されたのですか」

えっ、そっち？　覚猷坊とのことじゃなく、睦月的にはそこが大切なの？

これはやはり、俺が聞かねばならぬ。

「玉藻──」

「それがちと複雑でな。当時、夜な夜な鵺《ぬえ》が現れ、都を騒がしておって」

またスルーですか。あ、アイスを餌に話を引き出したことをちょっと怒ってる？

これは……話に乗っていき、その上で本題に引き戻すしかないな。

「鵺ってあれか、猿の顔に虎の胴体に手足、尾は蛇で、鳴き声は虎鶫《とらつぐみ》そっくりだっていう妖怪だろう」

俺は昔読んだ、横溝正史の『悪霊島』で仕入れた知識を思い出す。まあ、途中で挫折して完読できなかったが。

「よく知っておるのう。あやつはかなりの強さを持つ妖であってな。正直、我と同じくらいの力を持っておった。ところが、あやつは覚猷坊率いる妖どもとも反目していたうえに、よりによって我が暮らす宮中にも入り込んでは、さまざまな悪さをしておったのじゃ。それに業を煮やした帝が源三位頼政《みなもとのさんみよりまさ》に刀を授けて、退治を命じたのじゃ。結局鵺は、頼政にバッサリ切られてな。そして、あろうことか我の寝所に逃げ込んできたのじゃ、我とて助けを求めてきた妖を無下に扱うこともできず、かくまって面倒を見ておったのだが、覚猷坊がそれを、まあ、なんだ、我がほかの妖に懸想《けそう》したと思い込んでな……」

玉藻ががっくりと頭を垂れる。いや妖の世界にもあるのか、昼ドラ真っ青な展開のお話が。というか、その展開だと玉藻と覚猷坊は、やっぱり付き合っていたということで確定？

「頭に血が上った覚猷坊が、我が住まう後涼殿に直接乗り込んできてな。妖力のすべてでもって責めてくるから、我もちょろっと本気を出してしまってな。様子を見に来た陰陽師にたまさか出してしまった九尾を見られてしまってのう。鵺とともに、這《ほ》う這うの体で都を逃げ出したのじゃ」

玉藻はそこまで語ると肩をすくめる。

「後はおぬしと出会った時に話したとおりじゃ。まあ、我の妖時代の過ちというべきもの。神籍に上った今、都にも覚猷坊にも思うところはありはせんわ。何よりあれから千年近く経たのじゃ。まして覚猷坊に子がおるとなれば、嫁を娶ったということじゃ。さすれば、あちらも我にそれほど思うところはありはせんだろう」

「義円坊が、玉藻と覚猷坊の子供とかいうことはないよね」

「そんなわけあるまい。おぬしは我のことをなんだと思っているのじゃ」

玉藻の呆れ顔に俺はバツの悪い思いを抱きつつ、アイスを差し出した。

「邪推して悪かったな。それに話しにくいことを言ってくれてありがとう」

「よいよい。我も意地を張ってしまった」

ホクホクしながらアイスを受け取り、さっそく食べようとする玉藻だが——。

「！」

やっぱりまだ早いよね。

「将門、これはなんじゃ。我への嫌がらせか？」

スプーンの先っちょしか刺さらないアイスを手に、恨めしそうに俺を見る玉藻へ俺は、真面目な顔で告げる。

「それは固くて、三十分くらいおいといて溶かさないと食べられないんだよ。だから、さっき『まだあげられない』と言ったんだ」

「ぬしは、我をはめたんじゃな」

嘘は言ってないから、そういう言われ方は心外だなー。

そんなことを考えながら、俺たちのやりとりを聞いて、両手でアイスを包み込み、少しでも早く溶かそうとしている睦月から「身体が冷えるからやめなさい」とアイスを取り上げた。

「そうじゃ、我の力で！」

ピコーンと音がしそうな顔をしている玉藻。

このアイスの醍醐味は待つ時間にもある、とか、全てのアイスがこんなに堅いわけではないとかいろいろなアイス講義をしている間に、新幹線は京都駅にいつの間にか着いていた。

俺と玉藻と睦月は、京都駅の大階段上の展望台に立っていた。

「都よ！　我は帰ってきたのじゃ」

両手を広げ、決め台詞を吐く玉藻にぐっとサムズアップをする。

「玉藻様、何をしてらっしゃるのですか」

睦月が半分呆れた顔で尋ねてくる。

「いや、将門がな。長年離れていた故郷に帰った時はこのような言葉を叫ぶのがしきたりと言っておったのじゃが」

「玉藻様、そのようなしきたりはございません」

睦月が一刀両断する。

「そうなのか、じゃがのう、妙にしっくりときたぞ。やはり高いところから見下ろすことは気分がいいな」

玉藻すまない。それは俺の趣味だ。

そして睦月、そんなに冷たい視線で俺を見ないで。

「しかし本当に変わったのう、都も。かように高い建物ばかりで、昔の面影などどこにもないわ。してなんじゃ、あの巨大な蠟燭《ろうそく》は」

「いや、あれ京都タワーだから」

「ふむ、渉成園とやらはあの蠟燭の向こうか。確かにあの近辺には怪しき気配は感じぬな。おそらく無事にたどり着けるじゃろう」

俺は玉藻の誤りを訂正するのをあきらめた。

「じゃあ、妖の元締めとの対決の前に甘いもので英気を養いに行きますか」

そうしてやってきたのは、『中村藤吉本店　京都駅店』。

そしてここで注文すべきは生茶ゼリイ。

宇治にある『中村藤吉本店』で生茶ゼリイを頼むと竹の器に餡子や白玉とともに供されるのだが、ここ京都駅店で注文すると白玉、餡子、抹茶アイスにチョコレートと盛りだくさんになる。ちなみに総カロリーは想像したくない。

向かいに座った玉藻と睦月は、至福の表情でゼリイを味わっている。

「ゼリーにすると抹茶の味がいつまでも舌に残るのじゃ。それを白玉が洗い流し、この抹茶アイスと餡を交互に口に運ぶことによって舌のリフレッシュが……」

相変わらずの玉藻の熱弁。というか、いつリフレッシュとか覚えたんだ。

「トロリとして、もちっとして、さらっとして、コクのある甘さが……」

睦月、それゼリー、白玉、アイス、餡子だから。

俺は甘味とともに二人の嬉しそうな表情も堪能した。

さて、戦前《いくさ》の腹ごしらえとして、甘いものをぞんぶんに堪能した俺たちは、渉成園へと向かう。

ＪＲ京都駅の中央口の前から烏丸七条の交差点までまっすぐ進む。このまま行けば東本願寺だが、渉成園にはこの交差点を渡って、さらに道路の東側に渡る。

東本願寺を左手に見ながら進むと、右手に古い造りの仏具屋が見えてくる。その壁に渉成園の案内が掲げられているので、その角を曲がれば渉成園だ。

「そういえば、渉成園って約束だけど、神代なら人に邪魔されずにいろいろ話し合えるとは思うんだが、今日はどうなるんだ？　人の代の渉成園だと観光客がいるだろうに。そんな中、どうやって邪魔されずに俺たちは妖と話し合うんだ？」

俺は疑問を玉藻にぶつける。

玉藻と付き合ってわかってきたが、どうも玉藻は俺に重要なことを隠しておいて、後でびっくりさせるというのが面白くてしょうがないらしい。

睦月も玉藻に言い含められているのか、俺に詳しい事情や情報を教えてくれない。

俺、本当に第一神使で睦月の先輩なのか？　もう少し敬意をもって接してもらいたいものだ。

「義円坊が覚猷坊の子なら心配することはあるまい。今頃はあやつの力で渉成園を手中に収めているであろう」

何、その物騒な力。大丈夫だよな、観光客に危害を加える呪をかけて追い出しているとか、そういうことはないよな。

俺が心配しているうちに渉成園の門にたどり着く。そういえば、入園料に五百円以上の庭園維持のための寄付金を募られるはずだ。俺は慌てて財布を取り出そうとする。

「必要ないぞ、将門」

「いや、でもさすがにただってわけには……」

俺がボディバッグから目をあげると、渉成園の黒い門前に着流し姿の一人の男性が立っていた。いつの間に？　さっきまでいなかったよな。

「出迎えのようじゃ。それにな先ほどのようなことを心配する必要はないぞ。あやつの呪は人を害するようなものではないしのう」

俺は慌てて財布をしまい、ボディバッグを背に回って、居住まいを正す。

神代に飛べばきっちりとした神使の格好になれるのだろうが、今日は人の代での話し合いだ。態度ぐらいはしっかりせねば。

目前の着流しの男性は年の頃三十ほど。髪は短いが七三に分けられており、ちょっと見は優男といった感じだ。身長も俺よりは高いだろう。紺の市松模様が粋なほどに似合っている。さすが京都人だな、いやこの場合は京都妖か。

「義円坊とお見受けする。東国は上野の国に社を構える玉藻前じゃ。此度は急な訪問を快諾していただき、感謝の念に堪えん。わが神使について是非とも願いたき義があってまかりこした次第。どうか良しなに願い奉る」

玉藻と睦月が深く頭を下げるのを見て、俺も慌てて頭を下げる。ここまで玉藻が下手に出るのを初めて見たのでちょっと動揺してしまった。

「頭をお上げください、玉藻前様」

義円坊の言葉に俺たちは頭を上げる。

「お初にお目にかかります。非力ながら、日の本の妖の元締めを務めております義円坊と申します。今回の議、猫又の駒菊より仔細聞いております。妖の身で神代の方々にどのようなことができるかわかりませぬが、お話はお聞きいたしましょう」

妖とは思えぬほど、その話し口調は柔らかく、優しく響く声だった。が、話しながらもその視線は玉藻と睦月、そして特に俺を観察するような鋭いものだった。

「立ち話もなんでしょう。茶を一服用意いたしました。さあ、こちらへ」

義円坊に案内され、庭園北口から渉成園の園内に入る。

人間の係員も義円坊に頭を深く下げ、恭《うやうや》しく接していた。何も言わずにフリーパス状態だ。おまけに後について歩く俺たちのことも気するようなことはない。

園内を歩く観光客も俺たちとすれ違う時は、道を開け、脇で軽く頭を下げて挨拶をしてくる。え、何？　この対応と態度。

ここ間違いなく人の代だよな。俺は空の色を確認する。神代の茜色ではなく、青い空が晴れやかに広がっていた。

係員や観光客の恭しい対応を見て、俺はまさに狐につままれたような気分になる。洒落じゃないぞ。まるで、渉成園の持ち主か主人になったような気分だ。

「間違いなく、人の代にございます」

睦月が、俺の心を読んだのか、保証してくれる。このところ、超スピードで優秀な神使に成長しているなあ。俺も頑張らないと。

前を歩く義円坊を見るが、尻尾も耳も見当たらない。

義円坊ってなんの妖なんだろう。妖の元締めっていうからには、力のある妖だとは思うんだが、思いつくのは、天狗、河童、鬼ぐらいだが、羽もなければ、皿もないし、角もない。

「その、八代様。義円坊様はぬらりひょんでございます」

俺の心を読んだ睦月が俺の傍らで小さな声でつぶやく。

小さな声だったが、前を行く義円坊がその言葉を聞きつけたのかこちらに振り向く。

ぬらりひょん。確か妖怪の親玉といわれている妖だ。でも言い伝えでは、瓢箪鯰《ひょうたんなまず》のようにとらえどころがないひょうひょうとした姿だったはずだが。

「あれは人が勝手に思い込んだ姿にございます」

えっ俺の考え読まれたのか？

「八代様、声に出ておりました」

睦月が冷静に指摘してくれた。うぬぬぬ、気をつけねば。

だが睦月のそれで合点がいった。

ぬらりひょんはいきなり現れるとその家屋敷に入り込み、自分の家のようにくつろいで振る舞うが、誰もが、ぬらりひょんを屋敷の主と思い込んで、その怪異に全く気付くことがないという伝承を持つ妖だ。

その話は本当だったのだろう。今、義円坊はこの渉成園の主として、ここにいる人間に認識されているのだろう。

「妖の元締めとして地味な力ではございますが、これが意外と役に立つのですよ」

義円坊は上品な笑い声をあげる。

再び義円坊と俺たちは歩みを進める。池の傍らにある小さな建物の前で立ち止まると中へ案内される。

「こちらは漱枕居《そうちんきょ》にございます。中で茶の支度をしておりますのでどうぞ」

上がり込むと四畳半ほどの小さな間取りだった。もっとも四人だったのでそんなに狭さを感じるわけでもなかったが。

室内には茶道具一式が取り揃えられており、茶釜ではすでに湯が沸いていた。

花差しには白い空木《うつぎ》の花、掛け軸はあれ鳥獣戯画《ちょうじゅうぎが》じゃないのか？　でもカエルや兎じゃなくて狐っぽいな……いやいや、落ち着いて茶室を鑑賞している場合ではなかった。

「玉藻、やばい」

俺は玉藻の耳元で囁く。自慢じゃないが美味しいお茶と茶菓子には目がないが、作法となるとさっぱりだ。

玉藻は最初、俺の言葉に気付かなかったのか、空木の花と掛け軸の鳥獣戯画もどきを見つめて険しい顔をしている。

「おい、玉藻。俺、茶の作法なんて全然わからないんだが」

俺は繰り返し玉藻に訴えた。

「ああいう、作法とか茶道のなんとか流とか権威を笠に着てるのが苦手なんだよ。家元とか印可とかさ。武道みたいに強さ弱さ、よし悪しがよくわからないものって、全く興味がもてないんだよ」

睦月が後ろからフォローを入れてくれる。

「玉藻様の作法の真似をしていただければ結構です。ただしゆっくりとで。もし、作法から外れている場合は私がささやきますのでそれで乗り切っていただければ」

睦月、ありがとう。

「我も宗旦流《そうたんりゅう》しかわからぬぞ」

俺は宗旦流どころか何も知らないのだからどうしようもない。真似についてはあてにさせてもらおう。

そして、俺たちの内緒のはずが全然内緒ではない会話を聞いていた義円坊が笑って言う。

「お座りください。作法うんぬんは申しますまい。いろいろ思うところあってこの席をあつらえましたが、作法にとらわれず茶の味、それと菓子も楽しんでいただければ幸いです」

軽く頭を下げる義円坊に「こちらこそ」と言って慌てて頭を下げる。

「では、まず茶菓子を」

義円坊は、少しくすんだ青磁の四方皿に載せられた小さな饅頭をすすめてきた。

「「えっ！」」

俺と玉藻は同時に叫ぶと、思わず皿を手に取った。

「これは、我が大陸時代に使っておった青磁の皿！」

「これは、京都は紫野上柳町、『嘯月』の薯蕷饅頭《じょうよまんじゅう》！」

「……見ただけでわかる物なのでしょうか」

睦月があきれたような顔で俺たちを見る。

『嘯月』といえば、完全予約制の菓子店で季節ごとに頼めるメニューが変わる京都の名店中の名店だ。俺は涙を流しながら饅頭を頬張る。

この皮と餡の絶妙な黄金比、まさに浄土饅頭といってもいいぐらいの極楽の味だ。

「では、茶を」

義円坊が茶を勧めてくる。

ひび割れが入った青磁の古ぼけた茶碗だ。ひびが錆びかけた鎹《かすがい》で補修してある。

「馬蝗絆《ばこうはん》。これは写しか」

「真正にございます。今日のために、某所から少しの間お借りしたものです」

俺は今の犯罪チックな会話を聞かなかったことにした。

「うむ、見事な手前じゃ」

玉藻が義円坊を褒めた。

続いて、同じ茶碗で俺に供される茶。

青磁にさらなる深みを与える鮮やかな緑色。

甘い香りだが、奥深さが感じられる。そしてわずかな渋み。……うまい！

「結構なお手前で」

睦月のささやきという名のカンペと玉藻の真似でなんとかこなしたが、作法はお世辞にも合格点とはいえなかっただろう。これは茶道も習わねば。

「茶器は玉藻前様の昔を懐かしむ気持ちを想い、茶と菓子は八代殿が相当なこだわりをお持ちになっているということを考えて差配させていただきました。お喜びいただけたようで幸いです。さて、本題ですが……」

義円坊が、穏やかに切り出す。

……茶と茶菓子のうまさに、本来の目的を忘れていた。

俺と玉藻は居住まいを正す。睦月の俺と玉藻への視線が少し冷たいのは気のせいだと思いたい。

「全国の妖に玉藻前様の第一神使たる八代将門殿の身に手出し無用の触書を出すこと、私、義円坊は賛同することはできませぬ」

義円坊の取り付く島のない言葉に、玉藻の怒気が一瞬膨れ上がるのがわかる。

「玉藻様」

「玉藻」

睦月と俺の言葉に我に返った玉藻が癇気《かんき》を抑える。

「妖狐の霊格を上げ、妖猫の妖格を上げ、しかもその方法も、状況も、条件もわからぬとあっては、この妖の代に混沌と混乱を招くことは必定、とうてい見過ごすことはできませぬ」

義円坊が言葉を続ける。

「じゃが、将門は我の神使じゃ」

玉藻の言葉に、義円坊は右の手のひらを前に出し押しとどめるように語る。

「それはあくまで神代の理にございます。在野の妖に通じるものではありませぬ。駒菊の話が真実であるなら、妖は我先にと玉藻前様の神使のもとに押し寄せることでしょう」

「じゃから、それを押しとどめて欲しいのじゃ。日の本の妖の元締めたるおぬしならそれができるであろう」

玉藻が唇をかみしめながら義円坊に頭を下げる。

俺と睦月もそれに合わせて頭を下げる。

「頭をお上げください。神ともあろうものがこのような妖に簡単に頭を下げるものではございません」

義円坊の言葉にもかかわらず玉藻は頭を下げ続けた——。

俺は玉藻に頭を下げさせる自分のふがいなさに腹立たしさを感じた。俺は立ち上がると……ってその時、漱枕居の戸が勢いよく開く。

「義円坊何をしておる。なにゆえ玉藻の頭を下げさせているのか。あれほど言っただろう。玉藻との話し合いにはわしも同席すると」

ちょっとドレッドっぽい髪形の無精ひげを生やした格子縞の着流しを着たおっさんがいきなり入ってきた。

「親父殿、なぜここへ」

慌てふためく義円坊。そりゃそうだ、親父と親父の昔の恋人の久々の対面に居合わせたら、俺だってそうなる。

「ちょ、覚猷坊、我はまだ心の準備が……」

玉藻も珍しく動揺している。しかし、心の準備ってなんだ？　なんのために必要なんだ、それ？

「すまぬ。あれは誤解だった。俺が悪かった」

一気に謝ると同時に、見事なジャンピング土下座を決める覚猷坊。

俺と睦月は事の展開にまったくついていけない。義円坊もついてきているとは思えないが。

「玉藻が都を出て行ったあと、鵺に会ってすべての話を聞いた。あの時は本当に申し訳なかった。俺の早とちりで玉藻には迷惑をかけた。謝りたくとも玉藻は神籍に昇っていたから、おいそれと会うこともできないし、俺も引け目があるから会いづらいと、結局八百五十年もの時がたってしまった。謝っても謝り切れるものではないが、このとおり誠にすまなかった」

早口で覚猷坊がまくしたてる。いや、男が謝る時ってどうしてもこうなっちゃうよね。俺は謝罪する覚猷坊に少し共感を覚えた。

「誤解？　今さらか、今さらなのか、あの時、散々言うたであろうに我を信じなかったのに、どの口が言うのか、この口か、この口か」

覚猷坊は言い訳を続けることもできなかった。にじり寄った玉藻が覚猷坊の両頬をつまむと右へ左へと引っ張り始める。

「うひゃ、うひょうひょ」

昼ドラもかくやという光景は俺が玉藻を押しとどめ、義円坊が覚猷坊に苦言を呈するまでしばらく続いた。

「見苦しいところをお見せして申し訳ない」

きちんと正座をし、居住まいを正し、申し訳なさそうな顔をする覚猷坊に、まったく申し訳なさそうにしていない玉藻。そして、微妙な顔の義円坊。

「これ、人間的には修羅場だと思うんだが、妖的には日常茶飯事ってことは……」

睦月に小声で尋ねる。

「ありません、妖の理から見ても修羅場というものです。目の前で御父上の覚猷坊様とその昔の想い人である玉藻様が再会しているのです。義円坊様をご覧ください」

義円坊は遠くを見つめてつぶやいている。

「息子の目の前で父が昔の恋人に謝罪している件について……」

そうなるわな。

「なんだ、その。昔の埋め合わせにもならないと思うが、今回の玉藻の神使の件、えぇと名はなんと言ったっけ」

「お初にお目にかかります。玉藻前様の第一神使を務める八代将門と申します」

俺は改めて挨拶をする。

「おう、人でありながら妖格をあげられるっていう話は聞いておる。そっちの嬢ちゃんは見ればわかるしな。その年で天狐とは確かに普通ならありえんことだ。駒菊のせがれも猫又にしちまったってのも聞いておる。ふ～ん」

覚猷坊は俺を値踏みするように観察している。ちょっと居心地悪いな。

「なるほどな」

何を納得したのかわからないが、覚猷坊は玉藻に向き直ると傍の義円坊に命じる。

「義円坊、俺は玉藻には返しても返しきれない借りがある。玉藻の願いどおり日の本の妖に『玉藻前の神使、八代将門に手出し無用』の触書を出してやれ」

いや、ずいぶんあっさりしてないか。

「父上、それはあまりに乱暴な。妖が人間を庇護する触書を出すことなど前例がございませぬ」

義円坊が異議を唱える。まあ、そりゃそうだ。認める理由が昔の恋人への点数稼ぎだなんて。

「おぬし、この八代をちと深く見てみろ」

覚猷坊の言葉に義円坊までもが俺を見つめはじめる。

しばらく見つめていた義円坊がはっと息を飲むのがわかった。いや、俺、見た目でわかるほどどこかまずいところがあるのか。チャックが開いているとか。俺は自分の体を見まわす。だんだんと居心地が悪いどころか不安な気持ちに襲われる。

「いいであろう、義円坊」

義円坊がうなずく。

「玉藻よ、昔の埋め合わせってわけではないぞ。おぬしの神使をきっちり見極めての俺の判断だ」

いや話がまとまってうれしいけど、俺の何を見たんだよ。特に質問もされていないし、神使姿や神使の仕事ぶりを見ていないのに何がわかるんだ。

俺は不安な気持ちに陥った。

「認めてくれるのは嬉しいけど、なんで急に認めてくれたんだ。だいたい、俺の力についてだって、詳しい説明をしたわけじゃないし、俺の何を見てそういう判断に至ったんだ？」

俺の質問に答えようとする覚猷坊を玉藻が止める。

「覚猷坊、将門にいらぬことを話すではない。必要なことなら我が時期をみて話す」

玉藻のものの言い方にちょっと不満を抱いた俺をなだめるように睦月が言う。

「覚猷坊様も義円坊様も、妖を見る目、八代様の場合は人間のため人を見る目ということになりましょうが、それを持っております。おそらくそれをもって八代様の人となりをご判断したのでしょう。玉藻様の顔を立てるためにもここは素直に好意に甘えるのがよろしいかと」

ごまかされた気もするが、睦月の真剣な口調に押し切られた。

昔の貸し借りでなく、俺のことをしっかりと判断して触書を出してくれるなら、どこからも文句のつけようがないだろう。本当にそうならばだが。

「神使殿が心配するのも道理だが、長年、妖の束ねをしているとおのずと善良な妖とそうでない妖との見極めがつくものじゃ。人も同じじゃ。邪《よこしま》な考えを持つ人間はそれなりにわかるものじゃ。おぬしはー、あー」

玉藻が覚猷坊に、チラリと意味ありげな目配せをする。

いや、気になるじゃないか、そんなことされると。

「まあ、人にしてはよくできているようじゃ」

なにそのあいまいな評価。

俺だって、いい加減気が付いている。

玉藻と睦月が、俺に隠し事をしていることを。

そしてそれは、人間の俺にはわからないことらしいってことを。

今回も覚猷坊と義円坊は、直に俺を見て、その何かに気付いた。

たぶん玉藻と睦月が、俺のことを思って秘めてくれている何か。

いつかは話してくれると思っていたから俺も黙っていたが、さすがに玉藻と睦月以外でもわかることなのに、俺が知らないというのは納得できない。

「玉藻、睦月も俺に何を隠しているんだ。覚猷坊と義円坊が見たっていうのは俺のなんなんだ？」

玉藻は黙り込み、睦月は困ったような顔をする。義円坊と覚猷坊は顔を見合わせたまま、口を開かない。

「玉藻と知り合った時、俺の魂と玉藻の相性がいいので、こういうことになったとは聞いている。だけどそれだけじゃないだろう。最初の頃、睦月は俺におびえていたし、今回の触書も本当は断るはずだったのに俺の何を見て、考えを変えたんだ」

俺の質問に答えたのは覚猷坊だった。

「玉藻がこのことをお前に秘密にしている理由はわからん。だが、玉藻がお前に話さないというのは何かしら理由があってのことだ。その理由もだが、傾国の美女とか言われてもなんやかんやで、こやつは情に厚く、誠実じゃ。俺は信じきれなかったので、あの有様だったがな」

覚猷坊は頭を掻きながら言う。

「お前のことを思って、今は話さないか話せないだけだろう。こやつが話さんのに俺が話すわけにはいかないのでな。ただ、言うておこう。神代でも妖の代においてでも悪いものではないと」

「覚猷坊……」

玉藻が俺をちらりと見ながら言う。

「玉藻よ、ちと表を歩かんか、数百年ぶりの逢瀬じゃ。少しは昔の話に花を咲かせるのもよいであろう。神使殿たち、ちと主神を借りていくぞ」

覚猷坊は玉藻の手を取ると、立ち上がった。

「昔、我が住んでいた後涼殿ほどではないが、なかなか趣のある良い庭園じゃ。東本願寺の境内だが、寺にありがちな線香臭さがまったくないのが気に入った。寺の領域は神域と違い、辛気臭くてかなわぬ」

我と覚猷坊は、渉成園の大部分を占める印月池にかけられた侵雪橋《しんせっきょう》の上で向かいあっていた。

「玉藻よ、俺が描いたあの姿絵、まだ持っているか」

覚猷坊の問いに我は腕を一振りすると一枚の紙を取り出す。

「まあ、数少ない都のよき思い出だからのう」

その紙には我の姿が描かれていた。当時人にまぎれ、鳥羽僧正覚猷と名乗り暮らしていた覚猷坊に描いてもらったものだ。

都を追われた直後は都憎しと思っていたが、神籍に昇っていざ都に来てみれば憑き物が落ちたような気分じゃ。

「覚猷坊。おぬし、どこまで気付いておるのじゃ」

我は、単刀直入に覚猷坊に問う。

「おいおい八百五十年ぶりだというのに思い出話もなしかよ。その上、自分の心配よりも神使の心配か。俺はまたお前が都を追われたあの日のように責められることを覚悟していたんだがな」

頭をかきながら覚猷坊が言う。

「今さらおぬしを責めたとて詮なきことじゃ。おぬしのせいで都を追われたのは確かじゃが、我とてあの生活が永久《とこしえ》に続くとは思ってはいないんだ。いずれは正体が露見し、遅かれ早かれ同じように都を追われたであろう」

我は覚猷坊から目をそらすと池に広がる蓮の葉を眺める。

「して、おぬし。将門に何を見た」

沈黙のあと覚猷坊が口を開く。

「……あやつ、八代将門の魂の根源を」

我は溜め息をつく。これでは全く秘密ではなくなっていくな。知る者が少なければ少ないほど秘密が漏れることはないというのに。

「なぜ、これを秘密にするんだ。かえって世に知らしめてしまえば、神使どももも妖どもも恐れて手出ししてこないだろうに」

まあ、普通ならそう考えるじゃろうな。我とて最初は楽観視していたくらいだ。

「ふむ、我が人間を神使にしていると聞いてどう思った」

我は覚猷坊に尋ねる。

「最初は耳を疑ったな。まさか人間を神使にすることができるとは思わなんだ。ましてやそれが玉藻だったというのが更なる驚きだ。だがあいつの、八代の魂を覗いて納得がいったわい。八代の魂にも都憎しの念が渦巻いておったわ。あれだけの念を持つものを我は玉藻のほかに三人、いや今では三神か、しか知らぬ」

我は黙り込む。

「菅原道真公、崇徳上皇《すとくじょうこう》、そして平将門公《たいらのまさかどこう》。あやつ、八代将門の前世は平将門公であろう」

覚猷坊が三神の人の代での名前をあげる。

「あやつの前世が平将門公と知れば、日の本中の妖どころか神代の神使どももその呪と力を恐れて近づきはせんだろう。ましてや平将門公の最後の災いから百年とたっていない今、いまだにあのことを恐れているものも多かろうに。おぬしの二人目の神使もそうであろう。当時、東京で屋敷守をしていてあの災いを目のあたりにしたはずじゃ」

「覚猷坊よ。ことはそんなに簡単なことではないのだ。あの災いは主神を降ろされた平将門公が引き起こしたものじゃ、人々も神代もあの災いに恐れおののき、再び平将門公を主神に迎えてからはおとなしくしておるがな」

「ならば、それを知れば皆……」

「もし、平将門公が知ったなら？　おのが魂と根源を同一にする人間が存在すると知ったら？　都憎しの念があるだけで、我、玉藻前を人の代に具現化することができる力を持っていると知ったら？　あの荒振《あらぶ》る神が何をしようとするか想像がつかんか？」

「……神降ろしか」

覚猷坊が呻《うめ》きながら言う。ようやく気付きおったか。

「うむ、八代将門を依代に嬉々として神降ろしを執り行い、人の代に降臨するじゃろう。その時、八代はどうなる。神降ろしともなればあやつの魂は平将門公にとってかわられ、人としての営み、縁《えにし》すべてを失うことになる」

「しかし、平将門公は……」

「おぬしが考えるほど甘くはないわ。道真公は学問の神として、崇徳院はこのところ蹴球《サッカー》の神としても多大な信心を集めているが、平将門公は違う。畏怖の心をもって信心されているのじゃ。そのような神がこの人の代に降りてみろ。更なる畏怖を求めんとして何をするかわかったものではないわ。それに我と八代が住む東京じゃが、あまりに平将門公にまつわる呪が多すぎるわ。巻き込まれるのが目に見えておる。あのようなところで我の加護なく平穏な暮らしなど送れはせぬわ」

我は一気に言い切る。

「……玉藻は、相変わらず優しいのだな」

な、な、なにを言うのだ。覚猷坊。

「昔からお前は眷属にだだ甘いところがあったからな。まあ、そのおかげであれだけ卯月《うづき》に慕われていたのだろうが……」

覚猷坊の言葉は我の心をチクリと刺した。

我は以前の眷属の顔を思い出す。ああ……それで、あの茶室に空木——卯の花が飾ってあったのか。覚猷坊め、下手な気をまわしおって。

「わかった。俺と義円坊が八代将門に何を見たかは伏せて、触書を出しておく。何、触れを破るような妖が出ればすぐに連絡をせい。俺が直々に出向いてやる」

覚猷坊が豪快に笑いながら言う。

「んでだ。玉藻、そのう、なんだ……あれから相当立つが……」

「なんじゃ、はっきりせい。何が言いたいのじゃ」

「あ〜、あれから好いた男《おのこ》とか……もし、いなければなんだが……また、俺と」

覚猷坊が目を伏せがちにして尋ねてくる。ふふふ、昔から男女の機微には初心《うぶ》なところがあったが、このあたり変わっていないのう。不器用というか直球というか。まあ、これだから御しやすいというのもあったのだが。

「ふふふ」

我は笑いでごまかす。

「それに、玉藻、なぜにお前は昔のままの姿なのだ。俺も年取ってこの有様だ。いやいやいやさすがに八百年以上たてば、普通は……」

我は口に人差し指を当てる。

「女子《おなご》にそのようなことを尋ねるでない。我はあの時からずっと独り身ぞ。それよりおぬしのほうこそ良い嫁を見つけたようじゃのう」

「そうなのだがな……」

覚猷坊が肩を落としながら言う。

「して、どのような嫁なのじゃ」

我は覚猷坊の背後を見ながら尋ねる。

「ちと恨みつらみを募らせすぎて妖となった昔の公家の娘でな。お前と別れた後、宇治で出会った。さっきの茶だがうまかっただろう。まあ嫁の伝手で手に入れた逸品だ」

覚猷坊が自慢げに言う。

「良い嫁をもらったようで安心した。我のことなどにかまっている暇はあるまい」

途端、覚猷坊が顔を曇らす。

「それがな、あいつ嫉妬深くてな……。いや、玉藻、俺も昔のことは悪かった。だが、あいつの嫉妬は度を越えていてな。あいつを連れずに茶席や能を見に行くともう大騒ぎでな、ちょっと女子と言葉を交わしただけで、平気で相手に呪をかけようとするんだ。もちろん俺も責められるのだが……名は橋姫《はしひめ》っていうんだ」

「よいではないか、覚猷坊も想われておるのう」

覚猷坊は我の言葉を手を振りながら否定する。

「だめだめ、やはり玉藻が懐かしい……」

うむ、せっかく機会を与えたというのに台無しにしおって。

「覚猷坊、橋姫とやらは白装束に下駄を履き、頭に蠟燭をさして手に釘と人型を持っておらぬか」

「おおう、よく知っているな。橋姫が女子を呪う時の恰好だ、それ——」

覚猷坊の動きがハタと止まる。

我は目を細めながら言葉を続ける。

「なかなか美しい嫁をもらったようじゃな、覚猷坊。ちと色白で口紅の朱がよく似合っている。吊り上がった眦《まなじり》など覚猷坊にお似合いじゃのう」

覚猷坊の顔が脂汗まみれになる。ふむ、妖のくせに汗をかくとは器用な奴じゃ。

ギギギと音が聞こえそうなゆっくりとした動作で、覚猷坊が後ろを振り向く。

「旦那様、お務めと思うたから快く送り出しましたのに、お会いになるのがまさか玉藻前様とは。先日、隠し持っていた絵姿を見つけた時におっしゃったではないですか、あのようなあばずれ狐にもう未練はないと」

ほうほうほう、覚猷坊、そのようなことを言っておったのか。

「いやいやいやいや、玉藻、違うから。俺、そんなこと言って……」

我は笑みを浮かべながら九尾を出す。

「ははは橋姫、どどどどどこから聞いていた」

「旦那様が玉藻前様をやさしいと口説き始めたところからです」

前門の我、後門の橋姫。

橋の真ん中に立ち尽くす覚猷坊の逃げ場はすでに塞がれている。

そして我は初めて知った、ぬらりひょんに水の上を走って逃げる能力があることを。


渉成園で、日本中の妖に対する俺への手出し無用の交渉の成功を受けて、玉藻と睦月は当然のことながら成功報酬《スイーツ食べ歩き》を要求してきた。うむ、できる神使はそこら辺の手配はすでに完了している。先ほどは『中村藤吉』の生茶ゼリイだったが、今度は『茶寮都路里』の特選都路里パフェだ。

ちなみに『辻利』という店もあるが、お茶の販売店が『辻利』、喫茶部が『都路里』

と部門が分かれているだけで同じ会社だ。これ、豆な。

俺たちは、京都駅に直結している伊勢丹京都六階の『茶寮都路里』に向かう。やはり行列があったが意外に進みが早く、十五分ほどで店内に入れた。

そして運ばれてくる特選都路里パフェ。クリームと抹茶アイス、カステラに白玉に寒天にゼリーが互いに挟み込まれ、頭頂部には抹茶ホイップがそびえたつ。お値段千円超えだが、食べ応えは保証する。

「おおお、抹茶味のアイスと白玉、カステラとゼリーの組み合わせがたまらんのじゃ。冷たいものと常温のものを交互に食べることを思いついたものは天才じゃな」

パフェの中身が恐ろしい勢いで玉藻の口の中に消えていく。

睦月は丁寧に上からホイップ、カステラ、ゼリー、白玉と順番にパフェを攻略している。

「あのメニューにあった特選都路里氷とやらも試したかったのです」

スプーンを握り締めながら睦月が悔しがる。

ふふふ、できる神使は更なるアフターケアまで万全なのだ。

「この都路里は東京駅前の大丸にも店があるんだ。伏見大社の用事を済ませて東京に戻ったら寄っていくというのはどうだ」

玉藻と睦月は俺の提案に一も二もなく賛成する。

東京にあるならわざわざここで食べなくともいいじゃないかという野暮な考えはしだ。やはり本場で食べられるものなら本場で食べるというのが俺の信念だ。まあ、『都路里』も厳密に本場といえば京都伊勢丹店ではなく祇園本店なのだが。

さて俺たちの京都行脚はさらに続く。京都駅からJR奈良線に乗り、稲荷駅へ向かう。奈良線だと駅の改札が大鳥居の前にあり、便利なのだ。

さすがに、伏見稲荷を訪れるとなって俺は緊張する。大きい荷物は京都駅のロッカーに預け、切符を買うための小銭入れだけを持つ。いつもはSuicaでワンタッチだが今日は玉藻と睦月が一緒なので券売機で切符を買う。久しぶりなので切符の買い方に戸惑ってしまった。

稲荷駅を降り立つと目の前に大きな明神鳥居が現れる。

――伏見稲荷大社。

全国三千社余りの稲荷神社の総本山でもある。

江戸時代の稲荷信仰の流行りで、江戸の地では屋敷神として敷地内に稲荷神の祠を建立することが流行した。俺たちの谷中の家のようにだ。

このため、屋敷神の社も入れれば、全国で三万社余り、属するお社の数でなら、八幡様や天神様をぶっちぎっている。

その総本山である伏見稲荷は、手前に見える荘厳な社だけでなく背後にそびえ立つ稲荷山全体も敷地に含めるため、境内の広さは想像以上だ。

主神は稲荷神こと倉稲魂命。古来より食物神とも稲穂神《いなほのかみ》とも呼ばれ、五穀豊穣の神として祀られることもあるが、ここでは商売繁盛の神様、稲荷神として祀られている。

奥の院に通じる千本鳥居の参道はとみに有名で、最近は外国人客の姿であふれている。奥の院から先には一般の参拝客はあまり足を運ばないが、一ノ峰に末広大神、二ノ峰に青木大神、三ノ峰に白菊大神とそれぞれ、稲荷神に仕える神使が祀られている。

ちなみに玉藻によると末広大神と青木大神は夫婦同士らしい。

稲荷駅前の通りから表参道に入り、鳥居の前に立つと遠くに本殿が見える。京阪本線の伏見稲荷駅からだと、稲荷寿司や雀の焼き鳥を売っているにぎやかな土産物店の並んだ参道を通ることになるが、この大鳥居をくぐることはできない。

大鳥居の前で立ち止まると、俺は先ほどの義円坊と覚猷坊との話し合いを思い出す。

覚猷坊はああは言ったが、やはり玉藻が何を隠しているのか気になる。何か心中をもやもやとしたものが覆っていく。

玉藻を信じて、この鳥居をくぐろうとしているのに、玉藻は俺のことを信用してくれていないのだ。

確かに俺は人間で、まだ二十歳にもなっていない若造だ。そりゃ時々やらかしたけどもう少し信頼してくれてもいいんじゃないんだろうか。

玉藻は俺を正式な神使にする覚悟があるのだろうが、俺には玉藻の正式な神使になる覚悟があるのだろうか？

そのためにこの鳥居をくぐる覚悟があるのだろうか？

「八代様」

「将門」

玉藻と睦月の声に我に返る。ちょっと考えすぎたかな。それでも俺の心のもやもやは晴れない。

「大丈夫だ。ごめん、ちょっと考えごとをしてた」

玉藻が呆れ顔で注意してくる。

「これからが、本番なのじゃぞ。少しはしゃきっとせい」

よし、俺は両頬を叩いて気合を入れる。

玉藻の腕の一振りと共に大鳥居をくぐる。が――。

「あれ？」

俺は思わず声を出してあたりを見まわした。

青い空に後ろから聞こえる電車の音と車の騒音、あたりを行きかう観光客の喧騒。

そして、隣りにいるはずの玉藻と睦月の姿が見当たらない。

――俺、神代に飛んでない。

服装も先ほどまでと同じ、カーゴパンツにTシャツ、アロハのままだ。いつもなら強制的に神使の服装になるはずなのに。

だいたい、俺には意志を持って神社の境内に入ると、オートで神代に飛ばされる呪が玉藻によってかけられていたはずだ。いったいどうなっているんだ。

「将門、何をもたもたしておる。さっさと鳥居をくぐって……」

かすかに聞こえてくる玉藻の声。横を見ると巫女服姿に白い狩衣を羽織った玉藻が、九本の尾をふわふわとたなびかせながら立っている。

……全身に霞《かすみ》がかかったようにボヤけているけれど。

「おぬし、なぜに神代に飛ばされなんだ」

「いや、俺に聞かれてもわからないんだけど」

「我がかけた呪は解けておらんぞ。なのになぜに飛ばん」

玉藻の口調が厳しくなってくる。

「いやだから、わからないって。というか、玉藻――」

「おぬしが来なければ、話が始まらんというのに！　なぜじゃ！」

「いや、だからわからないって」

ヒートアップしつづける玉藻。

「おぬし、もう一回やり直すのじゃ‼」

鼻息荒く命令してくる玉藻に従い、俺は一度鳥居をくぐり境内を出ると、再び鳥居から境内に入る。

「何も起きないけど」

「おぬし、何を落ち着いているのじゃ。このままでは正式な神使として認められぬのじゃぞ。さいわいこの伏見稲荷大社には千本以上の鳥居がある。とりあえずすべてくぐって参れ。これだけ鳥居があればさすがに我の呪も発動するであろう」

あいかわらず曇りガラスのむこうにいるように見える玉藻から、容赦ない命令が飛ぶ。こうして、俺の伏見稲荷大社でのエクストリーム鳥居くぐりが始まった。

結論として、三千本を超える鳥居をくぐったにもかかわらず、神代に飛ぶことはなかった。一ノ峰、二ノ峰、三ノ峰まで回らされて、くぐれそうな鳥居をすべてくぐったにもかかわらずだ。

俺も若いとはいえ、これだけ歩きまわるとさすがに疲れる。入り口の大鳥居まで戻った俺は鳥居の前で待機していたらしい二人に息を切らせながら思い付きを口にする。

「俺と玉藻、睦月との結びつきが切れてしまったとか……」

玉藻が目をくわっと見開いて俺を見つめると即答する。

「切れてはおらなんだ、しっかりと神使として、眷属としての結びつきが感じられるわ。どうしておぬしはこう次から次へと問題を起こすのじゃ」

「玉藻様、落ち着いてくださ い。すでに本山には所用にて今回の訪問は延期する旨、申し伝えてございます。ここはいったん出直すというのは……」

「仕方あるまい。義円坊と覚猷坊との話がついただけでもよしとするしかあるまい。戻ったら、すぐに将門が神代に踏み込めぬ原因を究明するぞ、よいな」

玉藻はああ言うが、俺にはうっすらと理由がわかっていた。

いや、わかっていたというよりおそらくそれが答えだろうという推測程度だが。

玉藻は俺に隠し事をしている。ほかならぬ俺のことでだ。睦月も知っているし、今回覚猷坊と義円坊も気づいたようだ。思えば乙女稲荷神社の疾風や駒込稲荷神社の七竈も何か感じていた節がある。

それがひっかかって、俺の心の中にはかすかな不信感が生まれているのだ。

玉藻や睦月が俺のことを考えてくれているのはわかる。だけれども神代全体への抵抗というようなものが生まれていた。

おそらくその不信感と玉藻と睦月個人への信頼が微妙なバランスをとっていて、俺は神代に行けないが、玉藻と睦月の具現化には問題がないという奇妙な状況を招いているのだろう。

こうして、俺たちの京都訪問は目的の半分しか達成できずに、その行程を終えることとなった。

渉成園でのぬらりひょんこと義円坊と覚猷坊との会談を終え、妖に仁義を切り、本山には入れず玉藻の正式な神使とは認めてもらうことはできなかったものの、俺たちは一時の平穏を得た。

残念ながら、俺が本山に入れなかった理由の追求を優先した玉藻により、帰りに東京駅に寄り、『大丸都路里』で都路里氷を食すという提案は却下されてしまった。それでも、グランスタ内の『豆狸』で豆狸いなり、わさび稲荷、五目稲荷を各十個ずつ買わされたあたり、玉藻の飽くなき食への探求心と執着心を垣間見た。

しかしながら、自宅に帰ってからは微妙な空気が漂う状況となった。

俺は自分なりに神代に飛べないわけに見当をつけていた。俺の神代に対する不信感だ。これは玉藻たちが俺に隠し事をしている以上どうしようもないことだ。

玉藻は俺が薄々気付いているのを感じているが、どこまでわかっているのかを測りかねているらしい。あちこちで調べているふりをしているが、常に俺のことをチラ見しているのはお見通しだ。

そして、睦月は何事につけ話しかけてきたりして、積極的な行動をとってくるが、これも俺がどこまで気付いているかを探るために心を読もうとしてのことだろう。一人、いや一匹だけ、事情のわからない雪虎はそのピリピリとした空気に気付いたのか食事時以外近寄らなくなってしまった。すまぬ、巻き込んで。

誰もが状況の行き詰まりに気付きつつも打開できない状況が三日続いたが、それをぶち破ったのは案の定一番沸点が低い玉藻だった。

「だーーーーーーっ、このような時は気分を変えるに限る。ゆえに、食べ歩きじゃ。此度は睦月もつれていくぞ。将門、良き場所、食事、菓子を所望するのだ」

高らかに宣言する玉藻。

俺も、睦月の参加には異議はない。この空気には辟易していたからだ。

だが、問題は行き先だ。このドタバタ騒ぎの間に梅雨も明け、うだるような夏の気配を感じさせる気候となってきた。

とりあえず冷たいものを中心に組み立てるべきか、いや、これからますます暑くなるだろうから、冷たいもののオンリーはまだ先に取っておいて、冷温取り混ぜたものでいこうか。そうなると……。

戸越、千住、三ノ輪、浅草……。そういえば、東京三大どら焼きのうち、上野『うさぎや』『清寿軒』は行ったが、浅草の『亀十』はまだだったな。三大といいつつも

『草月』も捨てがたいけど……。

って、よし決めた。

「今回の食べ歩きは浅草だ！」


度重なる事件に軽くなった俺の財布を補充すべく実家に事情を話したところ、我が一行の浅草行きに一番張り切ったのは、なぜか祖母と母だった。

「「やっぱり、浴衣よね」」

玉藻と睦月を分社経由で実家に呼び寄せ、出入りの呉服屋にさまざまな柄の反物を持ってこさせ、特急で浴衣を仕上げてしまったのだ。

いわく娘を持てなかった鬱憤をすべてぶつけたとのこと。それ、一人息子に言っちゃだめだろう。

ほとんどついでのような扱いで、俺も浴衣でということに。柄は吉原つなぎ、ちょっと渋めの選択のうえ、なんか意味深じゃね？

俺は鎖の模様を見ながら何に縛られているのか想像してため息をつく。

玉藻と睦月は実家で着付けて、神代を通じて谷中の家の庭で合流だ。

一回着付けを覚えればあとは神力、妖力で自動的に着付けることができるらしい。俺は、四苦八苦しながら浴衣に着替えると下駄を履き、家の片隅の分社の前に立ち、二人を待つ。

ほどなくして玉藻と睦月が現れる。

これ反則じゃないか？

玉藻は尾を思わせるようなポニーテールにまとめている。浴衣の柄は椿。髪飾りも椿の花だ。

正直、クラクラするぐらいに見惚れる。

睦月の浴衣の柄は牡丹だ。紺の生地に赤、桃、白の牡丹の花があしらわれている。髪飾りも牡丹だ。

堂々とした玉藻に比べて恥ずかしそうにうつむいている。

「二人ともよく似合ってるぞ」

女性を褒めるのが苦手、という男は決して俺だけではないはずだ。ちゃんと伝えたい、と思って勇気を振り絞ったが、顔が真っ赤になるのがわかった。

最寄りの駅から上野駅まで。そこから銀座線に乗り換え浅草に向かう。
駅の構内から表に出るとむわっとした夏の空気と浅草らしい喧騒に包まれる。
浅草駅から雷門通りを少し歩くだけで、雷門こと風神雷神門だ。大きな提灯を見て
玉藻と睦月もはしゃいでいる。ちなみにこの大きな提灯、底に龍の彫刻がしてあって
それを携帯電話の待ち受けにすると金運がアップするという話がある。これ豆な。っ
て、これ玉藻が言っていた怪しい場所に当たらないか。
「安心せい、この門はすでに仏界じゃ。そのようなことはありはせんわ」
玉藻が俺の心配を笑い飛ばす。なるほど渉成園のようなものか。俺は納得する。
雷門の前では大勢の観光客が写真を撮り、人力車が客待ちをしている。さすがに外
国人が多い観光地、玉藻は呪を使っていないのに俺たちに注目する人間はいなかった。

さあ、行くぞ。食べ歩き！


まずは雷門をくぐってすぐ、『あづま』のきびだんごだ。

合わせるドリンクは、冷やし抹茶。

「おお、砂糖などは入っていないようなのに、ほのかに甘みが……」

玉藻は冷やし抹茶が気に入ったらしい。

睦月はきびだんごを頬張りながら、行き交う外国人観光客を観察している。家から出歩けなかった睦月にとって、日本人以外の人間は珍しいのかもしれない。

食べ歩きとはいってもこの人混みの中食べるわけにもいかない。浅草ではゴミ箱も店先にあるので、その店先で食べるのがマナーとなっている。

続いては芋ようかんの老舗『舟和』だ。

芋ようかんとあんこ玉で有名な店だ。芋ようかんは言わずもがな、あんこ玉とは様々な味の餡子をつるっとした寒天で包んだものだ。この芋ようかん、そのまま食べても美味しいのだが、我が家ではフライパンにバターを引き、芋ようかんを焼いて焦げ目をつけたうえで、『シャトレーゼ』のバニラアイスクリームを添えて食べるのがデフォルトとなっている。これ豆な。

しかし今日は芋ようかんでもあんこ玉でもなく、芋ようかんソフトクリームを買い求める。暑いので、早く食べないと片っ端から溶けていく。

「おおおお、先日京都で食べたのは抹茶の味がしたが、こちらは芋の味じゃと。うむ香りは抹茶に軍配が上がるが、味は芋じゃのう」

玉藻は、早速、前回の京都で食べた抹茶アイスと比較することに余念がない。

「この人の代では、このように冷たいものを器も使わずに食べられるとは……」

睦月、驚くとこそこかよ。

玉藻が睦月の口についたクリームを拭き取っている。俺は微笑ましい光景に胸が満たされる思いになる。

日差しが強く、あまりに暑いので、途中の『文扇堂』で扇子を買い求めようとしたところ、玉藻に言われた。

「我と睦月は、暑さなど苦にならぬぞ」

いや、そりゃ玉藻は神様だし、睦月も妖狐だからだろうけど。

「さすがにこれはきつい。ちょっと待っててくれ」

俺は急ぎ扇子を見繕う。まあ、外国人向けなのだろうがだいぶ派手なものが多い。

「おぬしが我の呪を無効化するなどということがなければ、暑さを防ぐ呪をかけてやったものなのに」

玉藻があきれ顔で言う。

「そんなに便利な呪があるのか！」

快適な食べ歩きの追求のために、背に腹は代えられない。よし俺は心の中で玉藻を信じる、玉藻を信じる……十回ほど念じた。

「玉藻、その便利な呪をちょっとかけてみてくれ」

「おぬし、主神の扱いが雑ではないか」

玉藻があきれながらも腕を一振りする。が、

「……駄目じゃな。呪はかかるが、発動はしておらぬ」

状況変わらずか。俺はがっくりと肩を落とした。

店中で寸劇を繰り広げていた俺に、睦月が扇子を持ってくる。

「八代様、こちらの扇子はいかがでしょうか」

睦月が見立てたのは、藍色のトンボ柄の扇子だった。広げて振ってみると吉原つなぎの浴衣の柄と相まってしっくりする感じだ。

「すごい、ピッタリな感じだ。これにしよう。睦月、ありがとう」

睦月の頭をなでようとして慌てて引っ込める。いつもの癖でやりそうになったが、今日は髪飾りもしてきれいに決めているところだ。そんなことするわけにはいかない。

手を引っ込めた俺を見て、睦月がちょっと残念そうな顔をする。

「そんな顔をするなって。次も甘いもののお店だぞ」

俺たちは仲見世を冷やかしつつ進み、仲見世脇にあるあわぜんざいで有名な『梅園』の喫茶部に入る。

玉藻と睦月は氷宇治金時、俺は豆かんだ。

猛烈な勢いで氷をかき込んでいく二人。やはり神様と妖狐はアイスクリーム頭痛がないのか？

店を出て再び仲見世へ。

次は近くに店を接し合う『九重』のあげまんじゅうと、『金龍山浅草餅本舗』のあげまんぢゅうの食べ比べだ。

『金龍山浅草餅本舗』でこしあんのあげまんぢゅう六個入りを買い求めると『九重』の前に移動してさまざまな味のあげまんじゅうを注文していく。

ベーシックなこしあんに桜、かぼちゃ、カスタードのチャレンジ系。結局、玉藻と睦月はすべての種類を制覇してしまった。

いやいや、玉藻と睦月どれだけ食べられるの。

というか、食べ物への食い付きがよすぎて、間近に見えるスカイツリーの説明をする隙が全くない。まあ、もしスカイツリーに昇りたいってことになったらそれはそれで俺が困ったことになったのだが。

これで仲見世の食べ歩きは終わり。

浅草は仲見世だけでなくその周辺でも楽しめるのだ。今日は食事をとらずにひたすら甘いものを攻めたが、食事をするなら『レストラン大宮』『ヨシカミ』などの洋食系、『まさる』『三定』『大黒家』の天丼系、三川と呼ばれる『色川』『前川』『初小川』のうなぎ系となんでもござれだ。玉藻と睦月にはぜひそのあたりも味わってほしい。

次回の食べ歩きのことを考えながら、仲見世の終わりから東へ向かい、中学生時代に食べたジャンボメロンパンの店に向か……あれ、店がない。

「どうしたのじゃ」

「八代様？」

呆然としている俺に、通りかかったおっちゃんが声をかけてくる。

「兄《あん》ちゃんよ、メロンパン狙いか？　もしそうならメロンパンの店は移転したぜ」

俺、痛恨のミス！

おっちゃんは親切にも店の移転先について教えてくれた。人の情けが身に染みる。

丁寧に礼を言うと、さっそく移転先へ向かう。

『浅草花月堂本店』――言わずと知れたジャンボメロンパンの店である。

多少の行列はあるが、すぐに焼きたてが供された。おお、これこれ。

三個のメロンパンを買い求め、皆でかぶりつく。

外はカリカリ、中はふっくらというかもうやわやわ。暑くてたまらないのに、焼きたての熱さが気にならないくらい美味しい。

「なななななんですか、この不思議な食べ物は……中はフワフワなのに外側はザクザクしているのです」

「うむ、やはり菓子というのは味だけでなく、食感というのも大事であるのがよくわかるのじゃ」

玉藻がしみじみと呟いてる。まあ、メロンパンが菓子かパンなのかは置いておくとして……。

「あと三個は食べるのじゃ」

「あと三個は食べるのです」

二人とも、あげまんじゅうも十個近く食べてたよね？

「神力に変換すれば、こんなものすぐに消費できるのじゃ」

「私も妖力で……」

さいですか、玉藻と睦月の食欲に付き合っているとあっという間に太りそうだ。本格的にジムでも探さないとマズいな、と考えながら俺は、今のところは出ていない自分の腹を見つめる。

メロンパンを食べ終えると次は本日のメインイベントである『亀十』でどら焼きのはずだったのだが――。

「ごめん。ちょっと……休んでも構わないかな」

二人は暑さが気にならないようだが、さすがに俺がバテてきた。

「しかたがないのう。して、どこで休むのじゃ」

玉藻が周囲を見回す。

「浅草に来たら必ず寄る店が、この先にあるんだ」

伝法院の壁伝いに進み、浅草公会堂の前を通り、浅草一丁目の信号を目指す。

信号の手前左側にお目当ての店が見えてくる。

『アンヂェラス』。昭和二十一年創業の老舗喫茶店だ。

一階は客席とケーキのショーケース、さらに二階、三階にも客席がある。だいたい一人で来ると高確率で二階か三階に案内されるが、今日は三人だったせいか一階の席に案内される。すでに玉藻と睦月はショーケース内のケーキに目を奪われている。これは釘を刺しておかないと全品注文などという荒業も繰り出されそうだ。

「玉藻も、睦月も落ち着けって。ここの注文は俺がするからな」

玉藻と睦月はこの世の終わりがきたような顔になる。いや、そこまでショックなのか。

「いやいやいや、そんな顔しないでも大丈夫だから。今日はこの店ならではのメニューを味わってほしいんだ。絶対満足できるから安心しろ」

俺は笑いながら二人にフォローを入れる。

あれ、二人とも何まじまじと俺の顔見ちゃっているの。

注文を入れようとしてはたと気づく。

「あっ」

俺の短い叫びに玉藻が問うてくる。

「どうしたのじゃ、将門」

この店の名物の一つが梅ダッチコーヒーだ。

これは水出しアイスコーヒーに梅酒につけられた梅と梅酒がついてくるものだ。これらを好きな方法で、好きな分量で混ぜ合わせて飲むというものなのだが、曲がりなりにもアルコールだ。いくら実年齢はかさねていても、小学生くらいにしか見えない睦月のために注文するわけにはいかない。

「なんじゃ、そんなことか。心配するでない」

玉藻が腕を一振りする。

店員が注文を取りにくる。

「うむ、梅ダッチコーヒーとやらを三つ……将門、あとはまかせる」

店員は問題なく注文を受け付けた。玉藻め、睦月が大人に見える呪でもかけたな。

俺は玉藻にアンヂェラスの黒、睦月にアンヂェラスの白、自分にはサバリンを注文した。

俺の注文を聞いて、二人がショーケースに実物を確認しにいく。その間俺は手洗いで浴衣の乱れを直す。

戻ると開口一番、玉藻が俺を褒める。

「なかなかの選択じゃな。同じ種類のケーキだが我に黒、睦月に白。我と睦月で別のものにしたということは、またここに参ろうと考えておるな」

正解！　浅草食べ歩きは、とてもじゃないが一回で制覇できるものじゃない。何度でもじっくり楽しめる街だからな、ここは。

「玉藻たちと出かけられると楽しいからな。神代で玉藻の神使を務めるのも緊張感があっていいけど、こうやって二人と食べ歩いている時が一番だからな」

俺は正直に玉藻と睦月に言う。


何やらブツブツつぶやき出した二人の前に、注文したものが運ばれてくる。

店の名を冠したケーキ――アンヂェラスは、バタークリームを挟んだロールケーキだ。黒はチョコ、白はホワイトチョコレートでコーティングされている。

「この包むという発想がどこから出てくるのか、菓子のうまさを閉じ込めるという意味なのであろうか」

玉藻が感心しているが、それはどう見ても深読みだぞ。

「甘いものに甘いもの、さらには甘いもので包んでいるのにどうしてくどくないのでしょう？」
睦月、それはバタークリームにスポンジケーキ、ホワイトチョコレートのことかな。
なんにしろ喜んでくれてよかった。
そして件の梅ダッチ。
「これは面妖な。かように黒いものが飲めるのか。こちらからは梅の良い香りがする
が、お神酒の香りもするのう」
玉藻が鼻をクンクンさせる。
「本当に真っ黒でございますね。これは茶葉を焦がしたものなのでしょうか」
睦月がコーヒーの入ったグラスまで目線を下げてじっと見つめている。
……やばい、そういえば玉藻たちはコーヒー初挑戦だった。ここはジュースにでも
しておくべきだったか。
俺はコーヒーの解説をし、梅酒抜きのベーシックな飲み方も教える。
「なるほど。甘いものを食べてだれた舌をきりりと引き締める役目をしているのか」
玉藻、どうしてそういう結論に至るんだ。それも間違ってはいないと思うけど。
俺の梅ダッチの飲み方は、半分コーヒーを飲んだら、梅酒を投入し、梅をかじりつ
つ残りを飲むというもの。
玉藻はコーヒーはブラック、睦月はガムシロップ限界入れとなり、梅酒は楊枝に刺

さった梅を齧りながらチェイサーのように飲み干していた。

いいのかそれで。

「将門が食しているものはなんなのだ。ほのかにお神酒のにおいがするのだが……」

玉藻が俺のケーキを突き崩す手元を見つめている。

「これはサバリンといってな……」

俺は説明する。サバリンはデニッシュをシロップに浸し、間にクリームを挟んだスイーツだ。

問題はこのシロップで、なんとラム酒である。酒飲みなら狂喜することだろう。なにせ、その量が尋常じゃない。デニッシュが吸いきれず、下の受け皿にあふれんばかりに残っているのだ。まあ、未成年だけどこれくらいは香りづけということで大丈夫だよね。

若干のアルコールの勢いを借りて気力と体力を取り戻した俺は、本日の最終目的地に向けて出発する。

雷門通りを東へ向かい、雷門の斜め向かいにある『亀十』だ。

いつも行列だが、今日は平日だけあって行列も少なめだ。テレビや雑誌などにもよく取り上げられるのだが、そうすると場所がら観光客が殺到してすごい待ち時間の行列となることもある。

この店のどら焼きの種類は二種類。『清寿軒』では大きさで種類が分かれていたが、『亀十』では黒あんと白あんとの違いで二種類となる。

他の店のどら焼きと違い特徴的なのはその皮だ。焼き目からしてまるでパンケーキのようだ。ちょっとお値段が強気な設定だが、それを差し引いても補って余りある逸品だ。

「なるほど、どら焼きにしては生地の焼きが甘いと思いきや、生地にふんわり感を出すためこのようにしておるのか」

玉藻がまじまじと手に持ったどら焼きを見つめている。

「皮と餡、それぞれの最良を求めるのではなく、合わせての最良を求める作り手の意気込みが伝わってきます」

睦月、それ妖力とかで感じ取れるものなのか。

まあ、二人に満足してもらって、俺も満足だ。これで東京三大どら焼きを制覇したのだから次は東京五大どら焼きにチャレンジかな。やはり『草月』は外しがたい。

店を出て、地下鉄の入り口に向かおうと歩き始めた時、俺の足がもつれて、玉藻に倒れかかってしまった。あれ、まさか呪なのか。

「将門！」

「八代様！」

玉藻と睦月が俺を支えてくれる。

なんか前にもこんなことなかったっけ。そんなことを考えながら、俺は意識を手放した。


——「この程度で倒れるとは、武士《もののふ》としてどうか」

あれ、これ？　俺の声だよね。

「いい加減、認めたらどうだ。認めれば、この世のすべてが思うがままだぞ」

俺、こんなに自分勝手だっけ。さらに俺の言葉が俺にかけられる。

「ふむ、なかなかにしぶいのう。というか、いまだ人の理に縛られておるな。もう一押しといったところか」

いや、なんで俺のことディスっているのよ。あれ、これ俺じゃないよな。

「何を言うておる。我はおぬしと同義の存在じゃ。我を否定することはない。思うがままに振る舞うがよい」

でも、俺、玉藻や睦月にそんなひどいことは……。

「ふむ、まだ染まりきっておらなんだか。まあここは引こうぞ。だが……」

俺の声をした俺ではない誰かの声が遠くに消えていく——。

気が付くと俺は家で横になって寝かされていた。

どうも俺、呪にかけられたわけではなく、軽い熱中症だったらしい。寝ている間に何か夢を見たようだが何も思い出せない。何かモヤモヤするな。

浅草で倒れた俺を見て、周囲の人たちが病院への搬送を勧める中、玉藻が暑気にやられただけと主張し、睦月がタクシーを呼び止めて自宅まで運んでくれたのだ。睦月、よくタクシーのこと知っていたな。

まったく、恥ずかしい上に、しまらないこと甚だしい。

「心配かけおって」

玉藻が枕元で腕を組んでいる。

「八代様、心配したのです」

反対側では睦月が団扇で俺をあおいでくれている。

「ごめん。ちょっと調子に乗った」

俺は素直に謝った。

「体調が悪い時は梅ダッチコーヒーとサバリンは控えるようにする」

俺の言葉に玉藻があきれたように溜め息をつく。

「筋金入りの食いしん坊じゃのう。やめるではなく、控えるとは。我と睦月、本当に心配したのじゃぞ。我の呪が発動していればこのようなことはなかったであろうに……」

玉藻が言葉をきると沈黙が支配する。

そうわかっているのだ、お互いに。

俺は、玉藻が俺に隠し事をしていることを。

玉藻は、俺が隠し事に薄々気付いていることを。

そのことが原因で、俺は玉藻に不信感を抱いて、玉藻の呪を受け入れることができないのだろう。

まあ、玉藻が俺に内緒にする理由もうっすらとわかっている。

玉藻との出会い、最初の時の睦月の態度、そして俺の名前。でもそれははるか昔の出来事で、神代のしがらみだ。

俺は神代に片足突っ込んだかもしれないけど人間だ。

昔の因縁や縁など関係ない。玉藻と睦月、そして雪虎が一緒にいるってことが今の縁だ。

いつかきっと玉藻が話してくれる時がくるだろう。

その時は、ひょっとしたらこれまでと同じ生活を続けることが難しくなるかもしれない。そうなればその時に考えればいい。

睦月のあおいでくれる団扇の風を感じながら、俺は眠りに落ちていった。

◎参考文献
『イチから知りたい日本の神さま2　稲荷大神』監修：中村陽／戎光祥出版
『イラストで丸わかり！神社入門』洋泉社
『現代文学大系　第三集　大正時代』編：青野季吉、中野好夫／筑摩書房
『古事記』編：角川書店／角川書店
『平の将門』著：吉川英治／講談社
『東京の「怪道」をゆく』著：川副秀樹／言視舎
『別冊宝島2513　神社と神様大全』宝島社
『「吉岡村誌」にみる野田宿・森田家』発刊者：森田均

◎協力
星野広敏

あとがき

『お狐さまと食べ歩き 食いしん坊のあやかしは、甘味がお好き』をお読みいただき、誠にありがとうございます。八代将門と申します。

昨年、第5回ネット小説大賞を受賞して以来、多くの方々に支えられ、また迷惑をおかけしつつも本書を上梓することができました。

本作品で昔から夢見ていた作家デビューを果たしたわけですが、当初書いていたのは、ミステリーやハードボイルド系でした。

……なのに、なぜかライトなあやかしグルメ系作品でのデビュー。想像だにしていませんでした。本作品が一人称なのはフランシスの競馬シリーズと、パーカーのスペンサーシリーズの影響です。

本作誕生のきっかけを一言で言うと、映画『小説家を見つけたら』。

Q. 隣人、同僚、友人が――実は、出版社の賞を受賞したライトノベル作家だったらどうしますか？

ポジティブ思考（というより楽観主義）な僕の答えは、「ネット小説大賞を狙ってみるか」でした。

ネット小説大賞が開催されている「小説家になろう」での連載開始時、自分に課したのは、「毎日更新」「勢い重視」という点でした。

問題は、何を書くか。

悩んだ結果、自分の趣味——神社仏閣温泉旅館めぐりと食べ歩き——を、そのまま書くことにしました。これならネタに困ることはない。それに、もしデビューできたら、旅費などの食べ歩きの費用が全部、経費に計上できるじゃないか！　という捕らぬ狸の皮算用的な考えのもとに、本作は誕生しました。

……ぶっちゃけ、毎日更新はきついものがありました。

毎日、朝風呂でプロットを考え、仕事から帰宅し執筆。二十四時にアップ。その日の話、その日のうちに、の精神で人間なんとかなるものです。日々を積み重ねていくことで一次審査、二次審査、そして最終審査に残り、ネット小説大賞を受賞することができました。

「小説家になろう」にて拙作をお読みいただいた方々に、心からの感謝を申し上げます。皆様のおかげでモチベーションを維持しつつ、走り続けることができました。

自分が尊敬する作家の一人、ディック・フランシスの『標的』に、こんなシーンがあります。小説を「人を楽しませるために書いている」と言った新人作家に対し、有名作家は「自分は啓蒙するために書いている」と返す。新人作家は「参りました」と。残念ながら、自分にはこの有名作家のように、人を啓蒙できるような作品を書く力はないと思っていますが、読者に楽しんでもらいたいという思いで本作を書きました。皆様がこの本を読んで興味を抱いていただけたなら、舞台となった地に出かけ、ぞんぶんに食べ歩きを楽しんでいただければ本望です。

最後に本作品を書くきっかけをくれた某先生と星野広敏君、キャラクターたちを魅力的に描き出してくださった新井テル子先生、このような機会を与えてくれた宝島社の編集者様とマイストリートの編集者様に深く御礼申し上げます。

八代将門

※本書は、「小説家になろう」(http://syosetu.com/)に掲載されていたものを、
改稿のうえ書籍化したものです。
この物語はフィクションです。作中に同一の名称があった場合でも、
実在する人物、団体等とは一切関係ありません。

宝島社
文庫

お狐さまと食べ歩き
食いしん坊のあやかしは、甘味がお好き
(おきつねさまとたべあるき　くいしんぼうのあやかしは、かんみがおすき)

2018年7月19日　第1刷発行

著　者　八代将門
発行人　蓮見清一
発行所　株式会社 宝島社
〒102-8388　東京都千代田区一番町25番地
電話：営業 03(3234)4621／編集 03(3239)0599
http://tkj.jp

印刷・製本　株式会社 廣済堂

ISBN 978-4-8002-7974-3

宝島社文庫 柏《かしわ》てん

「京都伏見《きょうとふしみ》のあやかし甘味帖《かんみちょう》」シリーズ

京都伏見のあやかし甘味帖
おねだり狐との町屋暮らし

ワーカホリックな29歳、れんげ。会社から唐突な退職勧告を受け帰宅すると、結婚予定の彼氏と見知らぬ女!? 仕事も結婚もダメになり、傷心のれんげが旅立ったのは、京都·伏見。そこでおっとり系の男子大学生とおしゃべりな黒狐に出会い——。挫折系女子と怪しい狐のやけっぱち生活!

定価: 本体650円 +税

京都伏見のあやかし甘味帖
花散る、恋散る、鬼探し

元社畜のれんげ、29歳。現在、京都·伏見の町屋で甘味マニアな男子大学生と、甘えん坊の子狐と一緒に生活中。突然の失業、結婚破談の末、京都に降り立ち、東京とは違うゆるやかな時間の中で自分を取り戻しかけていた。しかし子狐がらみの怪しい難問が……。おだやかな(!?)京都の町屋生活に、春雷轟く!

定価: 本体650円 +税

宝島社 検索 好評発売中!

宝島社文庫 谷《たに》 春慶《はるよし》

「筆跡鑑定人・東雲《しののめ》清一郎《せいいちろう》」シリーズ

筆跡鑑定人・東雲清一郎は、書を書かない。

東雲清一郎はその端正な顔立ちとシビアな毒舌で、大学一の有名人かつアンタッチャブルな存在。著名な書道家でもある彼のバイトは、筆跡鑑定。でも、彼には秘密があって……。鎌倉を舞台に巻き起こる4つの短編ミステリー。

定価: 本体650円 +税

筆跡鑑定人・東雲清一郎は、書を書かない。 鎌倉の猫は手紙を運ぶ

祖父が残した手紙の鑑定を通して東雲清一郎と親しくなった美咲だが、清一郎の毒舌は相変わらずで……。「文字は嘘をつかない。本当に鑑定していいんだな?」。文字と書から人の想いをひもとく大人気ミステリー、第2弾!

定価: 本体650円 +税

筆跡鑑定人・東雲清一郎は、書を書かない。 鎌倉の花は、秘密を抱く

毒舌家で変人の書道家、東雲清一郎は、書を愛しているのに、書を避けている。書店を彩るポップ、御朱印帳、祖父にとっての特別な小説……文字に秘められた想いを、清一郎は明らかにしていく。大人気ミステリー、第3弾!

定価: 本体650円 +税

宝島社　お求めは書店、公式直販サイト・宝島チャンネルで